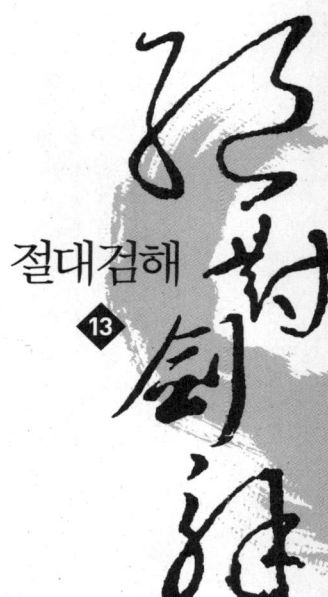

절대검해

13

한성수 신무협 장편소설

ORIENTAL FANTASY STORY & ADVENTURE

dream
books
드림북스

절대검해 13
마신(魔神), 강림(降臨)!

초판 1쇄 인쇄 / 2013년 2월 22일
초판 1쇄 발행 / 2013년 2월 28일

지은이 / 한성수

발행인 / 오영배
책임편집 / 편집부
펴낸 곳 / (주)삼양출판사 · 드림북스

주소 / 서울특별시 강북구 솔샘로67길 92
대표 전화 / 02-980-2112 팩스 / 02-983-0660
편집부 전화 / 02-980-2116 팩스 / 02-983-8201
블로그 / blog.naver.com/dreambookss

등록번호 / 제9-00046호
등록일자 / 1999년 3월 11일

값 8,000원

ISBN 978-89-542-4911-9 (04810) / ISBN 978-89-542-4130-4 (세트)

* 지은이와 협의하에 인지는 생략합니다.
* 잘못된 책은 구입한 곳에서 바꾸어 드립니다.

한성수 신무협 장편소설

ORIENTAL FANTASY STORY & ADVENTURE

13

마신(魔神)! 강림(降臨)!

절대검해

絶對劍海

dream
books
드림북스

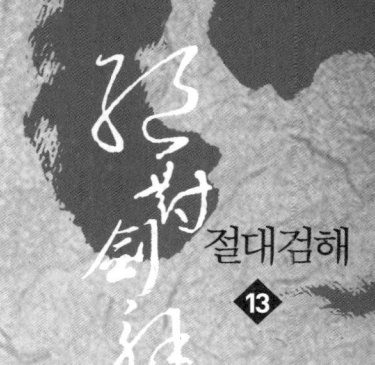

절대검해
13

목차

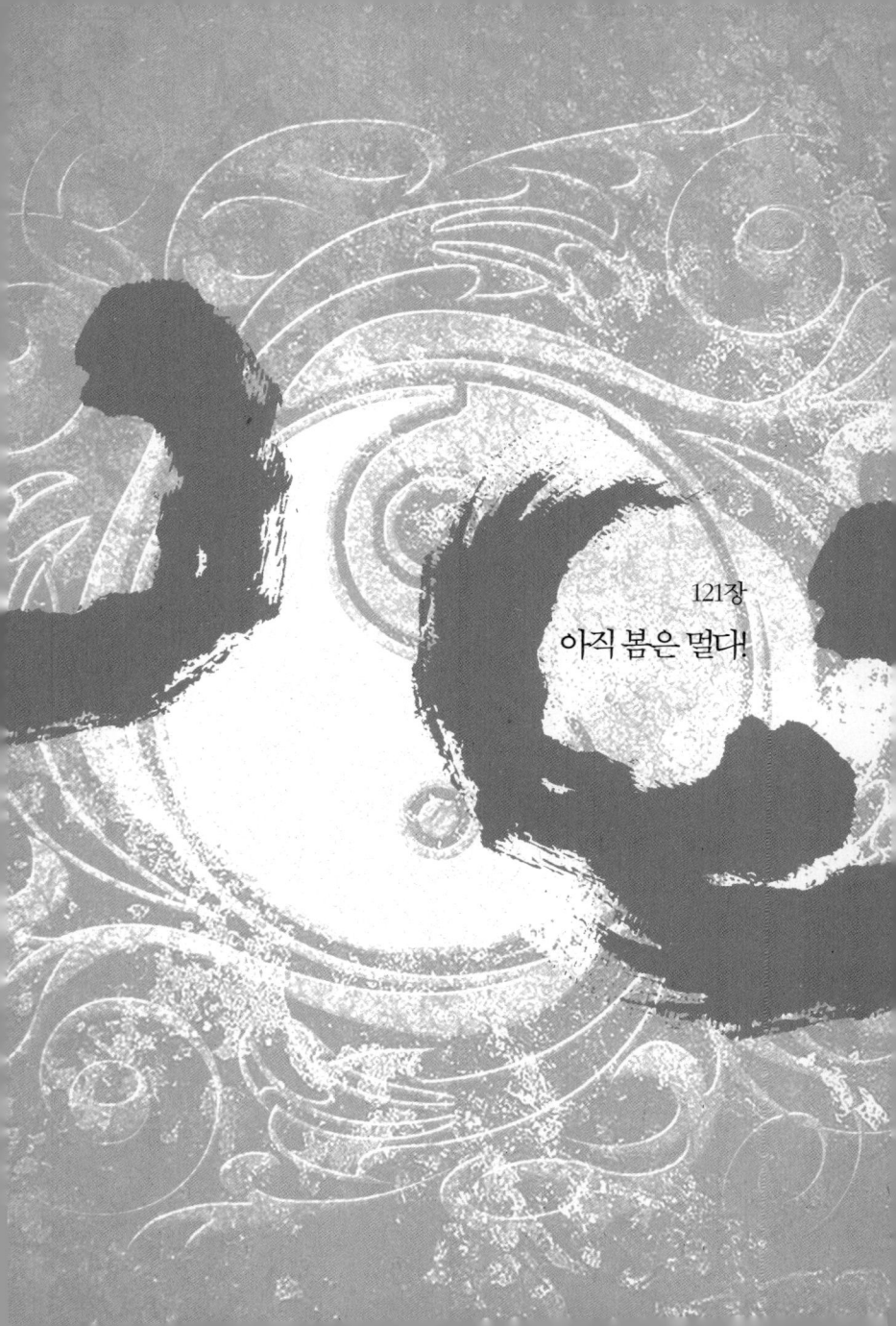

121장
아직 봄은 멀다!

파소봉.

신마비천광 직후다. 십만대산의 무수히 많은 기험절봉 중 하나인 이곳에 각양각색의 무리들이 속속 모여들더니, 곧 하나의 세력을 이뤘다.

그들의 정체는 자명하다.

태상마군 소리산에 의해 벌어진 살벌한 숙청 소식을 듣고 몰려온 반세력, 진마성교의 잔존 세력, 마굴의 생존자 등이었다. 오로지 살아남기 위해 그들은 멸천마후 천기신혜를 구심점 삼아 모여들었다.

수십 개가 넘는 마류(魔流)가 모여서 단숨에 수천이 넘는 단일 세력이 만들어졌다. 소리산이 천마신교의 중심인 신마성궁을 정리하는 사이 반대급부로 천기신혜의 세력이 불어났다. 수십 년 전부터 오늘 같은 날이 올 것을 준비했던 건 소리산만은 아니었던 것이다.

멸천각.

파소봉 일대에 만들어진 수십 개가 넘는 거친 성채 중 몇 안 되는 그럴듯한 건물.

그곳의 주인인 천기신혜가 지금 화려한 백옥으로 치장된 옥좌에 앉은 채 눈에 이채를 발하고 있었다.

그녀에게서 얼마 떨어지지 않은 대전 바닥.

언젠가부터 전포 차림의 여인 한 명이 머리를 바닥에 깊숙이 박고 있다. 얼마 전 뇌극봉의 참사로부터 살아남아 뇌왕진천가의 잔존 세력을 이끌고 파소봉으로 귀순한 뇌운의 철사자 진여상이었다.

까닥!

고개를 한 차례 옆으로 꼬아 보인 천기신혜가 붉은 입술을 열었다.

"근래 신마성궁에서 벌어진 일에 대해선 알고 있을 테지?"

"물론입니다."

"그런데도 태상마군이 아니라 날 찾아온 건 어째서이

지?"

"아버님과 뇌왕진천가는 태상마군에게 배신당했습니다."

"그래서 복수라도 하고 싶다는 것이냐?"

"그렇습니다! 하지만 힘이 부족합니다! 부디 저와 뇌왕진천가를 휘하에 거둬서 태상마군을 치는 전쟁의 선봉장으로 삼아 주십시오!"

진여상이 힘줘 대답한 후 비로소 고개를 추켜올렸다. 평상시 같으면 철가면에 가려져 있었을 얼굴의 화상이 기묘한 꿈틀거림을 보인다.

그러자 다시 눈에 가벼운 이채를 담은 천기신혜가 천천히 고개를 끄덕여 보였다.

"좋은 눈빛을 지녔구나."

"허락해 주시는 겁니까?"

"마도의 패권을 쥐고 싶은 자 중 뇌왕진천가의 화기를 외면할 사람은 그리 많지 않을 것이다. 다만 그 전에 한 가지 처리할 일이 있을 터!"

슬쩍 뒤에 목소리를 높인 천기신혜가 갑자기 가볍게 손가락을 퉁겼다.

"헉!"

진여상이 입을 가볍게 벌렸다.

자신의 의지로 그렇게 된 게 아니다.

갑자기 호흡이 턱 막혀서 입이 벌어졌고, 그 속으로 갑자기 뜨거운 기운이 파고들었다. 이 모든 것이 단 한 순간 만에 모두 이뤄졌다.

"꿀꺽!"

저도 모르게 침을 삼킨 진여상의 얼굴이 와락 일그러졌다. 목구멍을 넘어간 뜨거운 불덩이가 빠르게 전신 곳곳으로 퍼져 가고 있었다. 그녀의 의지로 되돌릴 방도 따윈 전혀 없어 보인다.

"그리 놀랄 건 없다. 네가 방금 전 삼킨 기운은 내 진원지기 중 일부분이니까."

"그, 그게 무슨 말씀이신지……."

"네게 내 진원지기를 나눠 줬다는 거다. 향후 네 무공은 빠르게 진보하게 될 거야."

"……감사합니다!"

진여상이 언제 인상을 썼냐는 듯 다시 바닥에 머리를 박았다. 천기신혜의 말대로라면 엄청난 기연을 얻은 셈이었다. 만약 다른 조건이 덧붙여지지 않는다면 말이다.

"마찬가지로 너와 내 심령은 지금 이 순간부터 하나로 연결이 되었다. 이후 만약 날 배신할 마음을 품으려면 차라리 스스로 죽는 게 나을 것이다."

'그럼 그렇지!'

진여상이 내심 한숨을 내쉬곤 눈을 감았다.

파소봉을 찾기 전 이런 상황은 충분할 만큼 예측했다. 감수해야 한다고 생각했다. 다름 아닌 태상마군 소리산을 상대로 복수를 감행해야만 하니까 말이다.

그때 천기신혜가 진여상에게 손을 내저어 보였다. 볼일 다 봤으면 이만 나가 보라는 뜻이다.

"그럼 속하는 이만 물러가겠습니다!"

"……."

천기신혜는 대답하지 않았고, 진여상이 무릎걸음으로 대전을 빠져나갔다. 그렇게 짧은 접견을 끝마쳤다.

그리고 얼마 지나지 않았을 때였다.

슥!

문득 천기신혜의 옥좌 뒤로 흐릿한 그림자 하나가 모습을 드러냈다. 그녀의 수호 마호인 귀마 매종경의 등장이었다.

"크륵! 황산에서 밀지가 도착했습니다."

"이리 줘."

"여기!"

매종경이 정중하게 내민 붉은 양피지로 된 밀지가 일순 천기신혜를 향해 둥실 날아갔다. 격공섭물(隔空攝物)의 묘기!

촤락!

밀지의 내용을 눈으로 살핀 천기신혜의 눈매가 다시 이

채를 발했다.

　강남!

　한동안 잊고 있는 사이 꽤나 많은 일이 벌어졌다. 살짝 밑밥을 던졌던 일이 서서히 진전을 보이고 있었고, 그와 별개로 꾸민 대전의 분위기 역시 무르익어 가고 있었다. 신마좌 쟁탈전을 매개로 천마신교의 힘을 약화시킨 것과 함께 그럭저럭 마음에 드는 결과였다.

　'하지만 태상마군의 신경을 황천비영에 분산시킬 수 있는 시간은 그리 많지 않을 거야. 신마무적성 소진엽이란 애송이에게 붙어 있는 교주 역시 마찬가지일 테고 말야.'

　생각은 그리 길지 않았다.

　언제나와 같이 생각과 동시에 결정을 내린 천기신혜가 삼매진화를 일으켜 수중의 밀지를 불태웠다. 강남 쪽에 쓸 만한 사람을 붙여야겠다는 생각과 함께였다.

　그렇다면 누가 적당할까?

　천기신혜는 이 역시 별다른 고민 없이 낙점했다. 얼마 전 자신과 원정지기로 심령이 연결된 쓸 만한 인재가 존재했기 때문이다.

　　　　　*　　　　*　　　　*

　마뇌각.

평상시처럼 담담한 다향이 깃든 집무실에서 시간을 보내고 있던 태상마군 소리산를 향해 성녀 진리가 입술을 살짝 내밀었다. 귀여운 얼굴에 불만이 한가득하다.

그러자 소리산이 문득 입가에 미소를 담았다.

"허허, 소성녀가 오늘은 내게 뭔가 하고 싶은 말이 있는 것 같구만?"

"와! 그런 건 어찌 아신 거지요?"

"오늘따라 소성녀가 끓여 준 차 맛이 유난히 떫더군."

"차를 달이는 불을 평소보다 두 배쯤 뜨겁게 했거든요."

"내 입 천장이라도 홀랑 데게 할 작정이었나 보군?"

"아쉽게도 실패한 것 같네요."

"진짜 그럴 작정이었던가?"

"부인하진 않겠어요."

"허허, 그런……."

가벼운 웃음과 함께 소리산이 고개를 가볍게 저어 보였다. 자신에게 이렇게 대놓고 반항하는 진리가 자못 귀엽다는 모습이다.

그게 진리를 더욱 화나게 했다.

"앙탈을 부린다고 생각하시는 거죠?"

"어찌 내가 소성녀를 그리 생각할까? 그저……."

"그저?"

"……소성녀가 아직 어리다고 생각했을 뿐이라네."

"뭐가 어리다는 거죠?"

"투기가 없으니 하는 말일세. 자신이 사랑하는 사내가 마음을 준 여인에 대한 투기."

"그, 그건……."

소리산에게 한마디도 지지 않던 진리가 처음으로 말을 더듬었다. 얼굴 역시 가볍게 상기되었다. 갑자기 꽤나 강한 일격을 당했다.

그러자 소리산이 굳이 더 공격하려 하지 않고 화제를 돌렸다. 아직 그럴 필요가 없다고 여긴 까닭이다.

"뭐, 그건 그렇고, 소교주의 친위대는 언제쯤 완전히 수중에 넣을 수 있겠는가?"

"……그것 때문에 할 말이 있어요!"

"말해 보게."

"어째서 태상마군님은 천마신교의 분열을 계속 유지시키려고 하시는 건가요?"

"소성녀답게 단도직입적으로 핵심을 찌르고 들어오는군."

"그걸 핵심이라고 인정하신다는 건 역시 일부러 멸천마후 쪽에 반세력을 몰아 주셨다는 거로군요?"

"전부는 아닐세."

"패마 천좌의 군마각과 소 대가의 친위대는 빠졌죠."

"그만하면 충분하지 않겠는가?"

"멸천마후 쪽에 몰아 준 반세력은 버려도 상관없다는 건가요? 아니, 그보단 멸천마후가 어째서 그런 바보 같은 짓을 하는 거죠?"

"그 전에 멸천마후가 하는 짓이 어째서 바보 같은 짓인지 설명해야 할 것 같은데?"

"태상마군님에 반대하는 세력을 한데 모아서 정리하기 쉽게 만들어 놨잖아요. 태상마군님 입장에선 적절한 때를 봐서 총공세를 가하면 반대 세력 자체를 단숨에 없애 버릴 수 있지 않겠어요?"

"정확하군. 그럼 그걸로 내 일련의 행동은 설명이 되는 게 아니겠는가?"

"그렇지 않아요!"

"아니다?"

"그래요. 멸천마후에게는 천마신교 외에도 연합한 세력이 반드시 존재하고 있을 테니까요."

"즉, 겉으로 보이기에 바보 같은 멸천마후의 행동은 오히려 후일 있을 양동 작전을 위한 포석이라 할 수 있겠군?"

"그렇게 볼 수 있죠. 그러니 태상마군님의 이 같은 분열책은 후일 큰 문제를 야기할 수 있어요. 아니, 어쩌면…… 그걸 원하고 계시는 건가요?"

"글쎄?"

"아! 또 그런다! 제 말이 맞죠! 그런 거죠!"

"허허허……."

소리산이 웃음과 함께 떫다 말했던 차를 다시 들이켰다. 더 이상 진리에게 어떤 말도 해 주지 않았다. 그녀 스스로 답을 구하게 만든 것이다.

그러자 몇 번 더 소리산에게 답을 강요하던 진리가 잔뜩 골이 난 표정으로 마뇌서고로 떠나갔다. 이런 식으로 대화가 끝난 게 한두 번이 아닌 까닭이었다.

그때 더욱 떫어진 차 맛에 눈살을 가볍게 찌푸려 보인 소리산이 문득 시선을 창밖으로 던졌다.

어느새 매섭던 추위가 누그러지기 시작했다.

그러나 아직 봄은 멀다.

특히 고봉이 많은 십만대산은 더욱 그러했다.

하나 그렇다고 봄이 찾아오지 않는 건 아니다. 언제나와 마찬가지로 불현듯 찾아오곤 한다.

'겨울이 가면 봄이 오고, 곧 여름과 가을이 그 뒤를 따르는 게 자연의 섭리일 터! 하지만 고목에 새싹이 틔워지는 것 같은 기적이 내게 생기진 않는구나! 아쉽지만 그래…….'

무엇에 대한 아쉬움인가?

어떤 것에 대한 아쉬움인가?

오로지 소리산 자신만이 알고 있는 것일 터였다. 다른 어느 누구도 감히 들여다볼 수 없는 진짜 속내일 터였다.

"후룩!"

무의식적으로 다시 떫은 차를 마신 소리산이 다구를 내려놨다. 더 이상 마실 만한 것이 아니었다..

정오가 지날 무렵이었다.

근래 항상 그래 왔듯이 마뇌각을 빠져나온 소리산이 천마대전 앞에 도착했다.

그러자 장소량이 날듯이 달려 나왔다. 뭘 하다 나왔는지 옷차림이 좀 흐트러져 있다.

"태, 태상마군님, 오늘은 좀 일찍 오셨습니다!"

"덕분에 장 모사의 좋은 일을 곤란하게 했나 보구만?"

"조, 좋은 일이라니! 그런 일은 전혀 없습니다!"

"뺨에 입술 자국 났네."

"헉!"

장소량이 당황한 표정으로 얼굴을 소매로 박박 문댔다. 절대 흔적이 남지 않게 하기 위해 최선을 다했다.

소리산이 비죽이 미소 지은 채 말했다.

"거짓말일세."

"예?"

"내가 그냥 농을 했다는 걸세."

"……."

"검마후는 여전하신가?"

소리산이 화제를 바꾸자 장소량이 내심 가슴을 쓸어내리곤 얼른 눈을 반짝거렸다.

"예, 여전히 신마좌를 떠나지 않고 계십니다."

"음식 섭취는?"

"마찬가지로 일절 입에 대지 않고 있습니다."

"그렇군."

천천히 고개를 끄덕여 보인 소리산이 걸음을 옮기자 장소량이 얼른 따라붙었다.

"저기 태상마군님, 소인, 한 가지 청할 것이 있습니다."

"말씀하시게."

"슬슬 신마성궁 내부가 정리되었으니 소인은 이만 소교주님의 뒤를 쫓고 싶습니다."

"신마성궁에서 도망치려는 건 아니고?"

"어찌 그런……."

"곧 신교도 전부의 목숨을 건 대전이 벌어질 걸세. 그때 자네는 분명 요긴하게 쓰일 일이 있을 거야."

"……알겠습니다."

"아셨는가? 과연 장 모사와는 대화하기 편해서 좋아. 그럼 그렇게 결정하도록 함세."

"예……."

장소량이 풀죽은 목소리로 대답하곤 걸음을 멈췄다.

저 멀리 어느새 좌마령 북리사경이 모습을 드러내고 있

었다. 그에게 허락된 건 여기까지뿐이었다.

그때 소리산의 걸음이 좀 더 빨라졌다.

단숨에 장소량을 한참이나 뒤로 밀어내곤 북리사경과 어깨를 나란히 했다.

'늙은 요괴! 도대체 무슨 생각을 하고 있는 건지…….'

장소량이 내심 인상을 써 보이곤 신형을 돌려세웠다. 소리산을 만나면 언제나 그렇듯 머릿속이 복잡했다. 당최 결론을 내릴 수 없었다.

뭐, 괜찮다.

아직까진 시간이 남아 있었다.

나머지 고민은 방금 전까지 잔뜩 달아올랐던 반교연의 엉덩이라도 두들기면서 생각하면 될 터였다.

신마좌 앞에 도착한 소리산이 눈살을 가볍게 찌푸려 보였다.

어느새 그는 혼자였다.

역천의 불사대법으로 소생시킨 북리사경조차 여기까진 도달할 수 없었다. 천마대조의 그릇이 된 구양령의 마기는 모든 사악하고 부정한 것들을 제압할 수 있는 왕기(王氣)를 품고 있는 까닭이었다.

스아아!

문득 신마좌에 가냘픈 몸을 늘어뜨리고 있던 구양령에게

서 지독스런 마기가 흘러나왔다. 생기를 품은 마기가 다가들자 자연스럽게 흡정을 하려 들었다. 인간의 음식을 먹지 못하니 이게 유일한 기력 보충 방법일 터였다.

그러나 상대가 나빴다.

잘못 건드렸다.

파팟!

일순 소리산의 전신에서 장엄한 서광이 일어나 흡정을 위해 파고들던 마기를 밀어냈다. 마치 거대한 장벽처럼 맹렬한 노도나 다름없는 마기의 진입을 저지했다.

부르르!

구양령이 몸을 가볍게 떨어 보였다.

그러다 이내 오한이라도 든 것처럼 오들거리다 몸을 둥글게 말더니 신마좌에 웅크리고 앉았다.

흡사 비를 맞은 새끼 고양이 같은 모습!

절세적인 용모와 함께 보는 이의 측은지심을 자극한다. 철혈의 독심을 지닌 자조차 마음이 흔들릴 법하다.

그러나 소리산에겐 해당 사항이 없었다.

그는 구양령의 약해진 모습을 그저 무심하게 바라봤다. 여태까지 해 온 대로 지척에 서서 그녀의 마기를 억누르고 있었다. 다른 어떤 것도 못 하게 했다. 그녀의 몸속에 깃든 천마대조의 폭주를 결코 용납하지 않은 것이다.

그게 구양령을 분노케 했다.

"카악! 더러운 놈! 빌어먹을 놈! 감히 내 앞을 가로막다니! 얼른 이쪽으로 오너라! 당장 네놈의 오장육부를 찢어 내고, 살점을 하나하나 씹어 먹어 줄 테니!"

"허허, 이 늙은 몸이 무슨 맛이 있다고 원하는 것이오? 정 허기가 지면 그 몸에서 나오면 될 것을."

"크하핫! 결국 그거더냐? 나더러 이 젊고 야들야들한 몸에서 빠져나오라고 하는 것이냐?"

"그게 싫으면 그만 인간의 음식을 드시는 게 어떻겠소? 인간의 정기는 그만 탐하고."

"카악! 퉤!"

바닥에 침을 뱉은 구양령의 눈에 요사스런 마기가 넘실거렸다.

"그따위 부정한 걸 내가 먹을 것 같으냐?"

"최고의 숙수가 공들여 준비한 음식들이오만?"

"헛소리! 이년의 몸속에 부정한 기운을 넣어서 날 내쫓으려는 심산이 아니냐!"

"저런! 들켰구려."

자신의 이마를 손바닥으로 가볍게 때린 소리산이 고개를 가볍게 저어 보였다.

"그럼 어쩔 수 없이 오늘도 똑같은 일을 반복해야겠구료? 오늘도 선수를 양보할 테니 힘을 써 보시구료!"

"건방진 놈!"

구양령이 마성이 깃든 부르짖음과 함께 무시무시한 기세로 마기를 쏟아 냈다.

신마대제 담대광과 싸웠을 때에 버금갈 만한 기세!

하나 무공의 영역까지 구현되진 않았다. 그냥 유형화된 마기만의 발현이었다. 소리산이 압박을 가하고 있는 위치가 절묘하게 신마좌 영역을 뒤덮은 사신마령의 대법 밖이었기 때문이다.

그래서였을 것이다.

평상시처럼 구양령의 속에 깃든 천마대조의 분노를 격발시켜서 마기를 끌어낸 소리산의 대응은 매우 여유로웠다. 이미 일으키고 있던 장엄한 서광을 더욱 강화해서 철탑 같은 방어벽을 쌓아 올렸다. 마기의 폭풍을 철통같은 방어로 막아 냈다. 처음부터 작정하고 있었던 것처럼 말이다.

'허허, 오늘은 좀 더 강해지지 않았는가? 아직 마기가 극에 이른 것이 아니라니 살짝 무서워지는군. 이러다 천마대조가 아예 그릇 자체를 깨 버릴까봐 말이야. 그 전에 소성녀가 확실한 방도를 강구해야 할 터인데…….'

내심 미소 지으며 소리산이 고개를 가로저었다.

마뇌서고에 틀어박힌 진리가 방법을 찾는 사이 그는 구양령의 몸속에 깃든 천마대조의 기운을 약화시키는 데 주력했다. 소진엽과의 약속을 꽤나 충실히 지켰다. 어째서 그래야만 하는지는 오로지 그 자신만 알고 있을 뿐이지만.

우르르르!

두 사람의 대결로 인해 천마대전이 지진을 만난 듯 흔들렸다. 계속 이런 일이 반복되다간 기둥뿌리가 홀랑 뽑혀 버릴지도 모르겠다.

*   *   *

항주는 절강성의 성도이며, 전당강(錢塘江) 어귀의 북안에 위치해 있다. 남으로는 절강성 내지(內地)와 수로로 연결된다. 대운하의 남쪽 끝이기도 하며, 북으로 장강의 삼각주 지역을 뒤덮고 있는 운하나 수로망과도 이어진다. 강어귀의 맞은편에 있는 소산(蕭山)에서도 옛 운하를 통해 남동쪽의 소흥(紹興) 및 영파(寧波)와 연결된다. 이 도시는 경치가 빼어난 서천목산맥(西天目山脈)의 기슭에 있으며, 서호(西湖) 연변에 있다.

소산.

철썩거리는 소리를 내며 길게 뻗어 있는 운하의 물살을 따라 천천히 움직이는 용두선의 갑판 위.

곤륜산맥을 떠난 지 두 달 만에 절강성에 도착한 소진엽의 곁으로 호연작이 천천히 다가들었다.

그의 손에는 붓 한 자루가 들려 있었는데, 당장이라도 허공을 도화지 삼아 멋들어진 그림이라도 한 장 그려 낼 듯 마구 흔들리고 있었다.

물론 모양새만 그러했다.

산골 중의 산골이라 할 수 있는 곤륜산맥에서 평생을 보낸 호연작은 배 여행이 처음이었다.

끊임없이 흔들리는 갑판 위에서 이리저리 움직이는 몸을 유지하는 것만도 그에겐 어려운 일이었다. 제아무리 예술혼이 불타오른다 한들 그림 따위를 그릴 수 있을 리 없었다. 단언하건대 불가능한 일이었다.

"우욱!"

결국 올 것이 왔다.

난마와 같이 미쳐 날뛰는 배 속의 신호다.

소진엽의 지척까지 다가온 호연작은 이내 신형을 휘청이다가 손을 입에 가져다 댔다. 허리가 벌써 절반쯤 꺾여 있는 게 욕지기가 이미 목구멍 가득 치밀어 오른 듯싶다.

소진엽이 냉정하게 말했다.

"갑판 위에 쏟아 낼 생각은 하지 마!"

"욱! 우웨에에엑!"

호연작이 황급히 뱃전에 매달렸다. 출렁거리는 운하에 토악질을 해 대기 시작한 것이다. 결국 그는 오늘 낮에 먹었던 음식 종류를 하나도 빼놓지 않고 자세히 확인할 수 있었다.

소진엽이 할 수 없다는 듯 다가와 등을 두들겨 줬다. 퍽 퍽 하는 소리가 나는 게 꽤나 호쾌하다.

"이럴 거면 왜 배를 타자고 한 거야?"

"나, 남선북마(南船北馬)라고 하잖은가!"

"그래서?"

"강남에 왔으니 다, 당연히 배를 타고 여행을 하는 게 옳다는 뜻일세. 우욱! 웨엑! 웩!"

"무슨 소리를 하는 건지……."

소진엽이 한숨과 함께 어깨를 가볍게 추어 보였다.

그 역시 봉황선부를 떠나 무림 출도를 할 때 꽤 많이 흥분했었다. 죽도록 무공을 익혔으니, 이곳저곳을 돌아다니며 호협하고, 미녀를 만나 뜨거운 사랑도 불사르고 싶었다. 그런 생각을 하며 악마나 다름없는 담대광 밑에서 아득바득 버텼었다.

하지만 현실은 본래 이상과 다른 법이다.

봉황선부를 떠난 후 수년 동안 소진엽은 줄곧 싸움터만 전전했고, 하루도 편할 날이 없었다. 정파인 강남문파연합의 창천검무대주였을 때나 천마신교의 소교주가 되어 신마좌 쟁탈전을 벌였을 때나 별반 다르지 않았다. 줄곧 피를 피로 씻어 가며 싸웠고, 세력을 불리는 데만 집중했다.

그날!

마도의 삼류무사였던 부친을 땅에 묻고, 야반도주하듯

고향을 떠나던 때부터 가슴 한구석에 자리 잡은 야심. 반드시 부친과 다른 삶을 살겠다던 맹세.

천하제일인이 되기 전까진 결코 멈출 수 없었다. 그러기 위해 마도제일세인 천마신교의 신마좌를 차지하려 했다. 그렇게 결정을 내리고 있었다.

'그런데 지금 나는 신마좌를 포기하고 신마성궁을 떠나 강남으로 돌아왔다. 그것도 온전한 내 의지로 말이야. 사람의 운명이란 정말 한 치 앞도 알 수 없구나.'

구양령을 구하기 위해선 반드시 황천비천주를 제거해야만 한다. 그래야만 태상마군 소리산과 성녀 진리가 그녀에게 씌워진 천마대조의 저주를 풀어 줄 터였다. 그렇게 약속했다.

흔들리는 배만큼 혼란스런 심사.

소진엽이 내심 고개를 저어 보이고 다시 호연작의 등을 두들겨 줬다. 얼마나 심하게 토악질을 해 댔던지 이젠 체액만이 가끔씩 흘러나오고 있다.

한데 갑자기 그가 토악질을 멈췄다.

"쓰읍!"

그리고 소매로 입가를 훔치곤 눈에 정광을 담았다. 갑자기 사람 자체가 완전히 달라진 것 같다.

쿵!

그때 용두선이 가벼운 진동을 일으켰다. 물결을 가르며

움직이던 동체가 느닷없이 멈추더니 천천히 선수의 방향을 바꿨다. 부지불식간에 벌어진 변화였다.

발에 살짝 내력을 전이해 요동치는 배의 진동을 흩어 버린 소진엽의 눈에 이채가 어렸다.

"정박하려는 건가?"

"쓰읍! 그러는 거 같군. 저기 선착장에 사람들이 잔뜩 모여 있잖나?"

"용케 그런 걸 봤군?"

"예술가의 예리한 감각 덕분이지."

"그렇다기보다는 선착장 쪽에서 그윽하게 풍겨 오고 있는 주향을 맡은 건 아니고?"

"주향?"

짐짓 의아한 표정으로 딴청을 피우는 호연작을 향해 소진엽이 피식 웃어 보였다.

"넉살은! 저기 선착장에 모여 있는 상인들 주변에 잔뜩 쌓여 있는 게 술항아리인 걸 자네 같은 술 귀신이 눈치채지 못했을 리 없잖아."

"그랬던가?"

"입가의 침은 제발 닦도록 해."

"쓰읍!"

그러자 호연작이 다시 소매로 입가를 닦았다. 아주 꼼꼼하게 닦았다. 오랜 배 여행 동안 본의 아니게 계속 금주를 했던 터였다. 그래서 그런지 바람을 타고 선착장 쪽에서 날아오는 그윽한 주향을 맡은 그의 표정은 그야말로 생기가 넘쳤다.

그러는 사이 용두선이 선착장을 향해 천천히 이동해 갔다.

와자지껄!

시끌시끌!

수십 개가 넘는 술동이를 용두선으로 나를 준비를 하고 있던 상인들과 두 패의 무림인 사이에서 갑자기 소란이 일어났다. 훨씬 늦게 도착한 무림인들이 먼저 배를 타겠다고 상인들에게 강짜를 부리기 시작한 때문이었다.

"급한 일이 있어서 그러니 이번 배는 우리에게 양보하도록 하시오!"

"우리 역시 거진 반나절 동안 배를 기다렸습니다! 한시라도 빨리 물건을 항주에 보내야 하는데 어찌 배를 양보할 수 있겠습니까?"

"감히 거부하겠다는 것이오?"

"그런 것이 아니라 세상에는 황법이 존재하는데……."

"황법?"

"으악!"

차가운 비웃음이 터져 나온 것과 동시였다. 무림인들에

게 가장 격하게 항의하던 상인 한 명이 처참한 비명을 지르며 바닥을 나뒹굴었다. 무림인이 휘두른 주먹에 얼굴을 얻어맞고 피투성이가 된 것이다.

그러자 상인들 사이에서 병장기를 든 자들이 불쑥불쑥 모습을 드러냈다. 상인들의 호위를 맡은 보표(保鏢)들이었다.

그러나 곧 그들의 표정이 창백하게 질렸다. 두 패로 나뉜 무림인들의 특징적인 옷차림을 몇 명이 알아봤기 때문이다.

"저, 저 표식은 산서 벽력당?"

"남궁세가도 있는 것 같은데……."

"벽력당과 남궁세가의 무인들이란 말인가? 그들이 어째서 갑자기 이런 곳에 모습을 드러낸 거야?"

"그런 걸 내가 어찌 알아?"

"모두 물러서거라!"

당혹에 찬 웅성거림을 뚫고, 보표의 우두머리인 사십 대 초반의 검객이 불쑥 신형을 날려 두 패의 무림인을 향해 나섰다. 바짝 긴장한 안색이다.

"본인은 소산상회의 호위를 맡은 보표의 수장인 유운쾌검(流雲快劍) 곽표라 하외다. 귀하들은 혹시 산서 벽력당과 남궁세가의 무인들이 아니시오?"

방금 전 상인에게 주먹을 날린, 잘생기고 신경질적인 기색이 완연한 미청년이 나직이 냉소했다.

"흥! 이제야 제대로 눈깔이 달린 자가 나섰군. 나는 산서 벽력당의 장원록이라 하오. 남궁세가의 무사들과 함께 항주 무림맹에서 열리는 천무지회에 참가하러 가는 중이니 주제 파악을 하고 물러나도록 하시오."

'과연 산서 벽력당과 남궁세가가 맞구나! 근데 장원록이라면 그 미쳤다는 미검봉명을 말하는 건가?'

미검봉명 장원록!

과거 강남을 대표하는 후기지수 중 세 손가락 안에 꼽히던 기남아였으나 요화 반교연을 만나 주화입마에 빠졌다. 한동안 광인처럼 지낸 터라 벽력당의 소가주 자리에서 쫓겨났고, 성정 역시 완전히 삐뚤어져 버렸다.

그러나 그에겐 좋은 친구가 있었다.

광기에 빠진 그를 줄곧 챙겨 줬던 잠룡검 남궁걸이 언제나처럼 상황을 수습하기 위해 나섰다.

"원록, 천무지회까진 아직 시간이 있지 않은가? 우리는 정파의 인물이니 사파의 무리처럼 민간인들을 괴롭혀선 안 될 것일세."

"내가 사파처럼 군다는 거냐?"

"그런 말이 아니라……."

"그런 말이 아니면, 뭐! 내가 한동안 병을 앓았다고 네놈이 감히 무시하려는 것이냐!"

"……."

당장이라도 검을 뽑을 듯 화를 내는 장원록의 행동에 남궁걸이 난처한 표정이 되었다.

광기에 빠져 있는 동안 지나칠 만큼 많은 걸 잃어버린 후유증 때문이리라…….

장원록은 성정이 무척 급박해져서 툭하면 이렇게 화를 내곤 했다. 자신의 성에 차지 않는 일에는 지금처럼 발작적인 행동을 보이는 것이다.

그러자 곽표가 얼른 두 사람 사이에 끼어들었다.

"소산상회에서 물러나도록 하겠습니다! 배를 양보할 테니, 두 분은 다투지 말아 주십시오!"

장원록이 어깨를 으쓱해 보였다.

"진작 그럴 일이지!"

"그런데 한 가지 청을 들어주셨으면 합니다."

"청?"

"예, 배를 양보하는 대신 저만이라도 동승하게 해 주십시오."

"당신만 타겠다는 건가?"

"그렇습니다. 술이 늦게 배달된 이유를 거래처에 설명해야 하지 않겠습니까?"

"그러도록 하시오."

장원록이 선심 쓰듯 허락하자 곽표가 안도한 기색과 함

께 소산상회 상인들에게 향했다. 그들에게 사정 설명을 한 후 이 무의미한 분쟁을 끝내기 위함이었다.

쿵!

용두선이 선착장에 도착하자마자 배에서 호연작이 바람 같이 뛰어내렸다. 산처럼 쌓여 있는 술동이들이 상인들에 의해 선착장 밖으로 치워지고 있는 모습에 마음이 크게 다급해진 까닭이다.

"무슨 짓이야! 무슨 짓들을 하고 있는 거야!"

"보면 모르겠소! 술동이들을 선착장 밖으로 옮기고 있지 않소?"

"그러니까 왜 그런 짓을 하냐는 거야? 배에 싣기 위해 여기 술동이를 쌓아 놨던 거잖아!"

"그야 그렇소만, 갑자기 대단한 벽력당과 남궁세가의 무사님들이 와서 배를 양보하라 하니 어찌하겠소? 본래 강호에서 황법은 멀고 주먹은 가깝다고 했으니 말이오."

호연작이 상인의 냉소적인 말에 인상을 가볍게 썼다.

"뭐야? 지금 새치기가 벌어지고 있는 거야?"

"뭐, 그런 셈이지요."

"그런 부도덕한 짓을 벌이는 자들이 있다니!"

호연작이 분기탱천해 상인들 뒤에 도열해 있는 벽력당과 남궁세가 무사들을 향해 걸어갔다. 이미 오랜만에 술을 마시며 도도한 취흥에 젖겠다던 애초의 생각 따윈 까맣게 잊어버렸다. 부당한 일을 참지 않는 의협심이 모든 걸 압도한 것이다.

그러자 장원록의 인상이 험악하게 변했다.

"방금 전에 말한 부도덕한 짓을 벌이는 자들이란 게 우리를 뜻하는 것이오?"

"달리 누가 있겠나?"

"건방진!"

장원록이 살기를 일으키며 곧바로 호연작에게 달려들었다. 용두선에서 뛰어내린 그의 신법을 이미 주목하고 있던 터였다. 상당한 무공을 익힌 무림인임을 알았기에 처음부터 손속에 사정을 두지 않았다.

스파팍!

벽력당 비전의 환환비보를 펼쳐 순식간에 호연작에게 파고든 장원록이 팔극쾌영권(八極快影拳)으로 벼락같이 공격했다. 권각의 속도가 소림 번자권에 버금갈 만큼 빠르다.

그러나 헛되이 허공만을 스쳐 가는 권각!

호연작은 용형보(龍形步)를 펼쳐서 간단하게 장원록의 공격을 피했다. 바로 코앞에서 팔극쾌영권을 완전히 무용지물로 만들어 버린 것이다.

그리고 소매로 주먹을 감싼 채 펼친 금룡십팔해!

촤악!

장원록의 무복이 길게 찢겼다. 은은하게 드러난 속살에 핏기가 감도는 게 적지 않은 상처를 입은 듯하다.

"이 죽일 놈이!"

장원록의 눈에 살기가 감돌았다. 이를 악문 그의 소매 속에서 소검이 튀어나왔다. 호연작을 죽일 작정으로 비장의 회선비검술에 들어갔다.

아니, 그러려고만 했다.

찌잉!

막 소검을 손가락 사이에 끼운 채 회전력을 가하려던 장원록의 손이 떨렸다. 갑자기 기묘한 기운에 얻어맞아 힘이 쭈욱 빠져 버렸다.

퍼억!

덕분에 장원록은 바닥에 얼굴을 박았다. 다시 용형보를 펼쳐 신형을 회전시킨 호연작의 금룡십팔해에 허리춤이 낚아채여 균형을 잃어버린 것이다.

꿈틀! 꿈틀!

바닥에 얼굴을 박은 채 장원록이 온몸으로 경련을 일으켰다. 기습적으로 선공을 가했음에도 비참한 꼴을 당했다. 큰 부상을 당한 건 아니나 부끄럽고 창피해서 곧바로 몸을 일으킬 수 없었다.

그러자 살기를 있는 대로 일으키며 달려온 벽력당의 무사들!

차창! 창! 창!

각자 병장기를 뽑아 든 그들이 순식간에 호연작을 포위했다. 그가 장원록에게 암수를 펼쳐서 중상을 입혔다고 판단했음이 분명하다.

그러나 그들은 호연작을 너무 우습게 봤다.

그는 이런 일에 기가 죽을 사람이 아니었다. 그리고 특별히 강호의 규칙 같은 것에 얽매이는 사람도 아니었다. 사실 알고 있는 것도 그리 많지 않았다.

퍽!

호연작이 얼른 발로 장원록의 머리를 밟았다. 한 차례 힘을 가하는 것만으로 그의 머리를 수박처럼 박살 낼 수 있을 터였다. 능히 그럴 만한 분위기를 조성했다.

"무, 무슨 짓이냐!"

"감히 그분이 어떤 분인 줄 알고!"

"벽력당의 적이 되겠다는 것이냐!"

"네놈은 목숨이 몇 개나 있는 것이냐! 벽력당의 적이 되고서도 살아남을 수 있을 성싶더냐!"

당황감에 가득한 벽력당 무사들의 외침에 호연작이 소지로 귀를 팠다. 무슨 개소리냐는 행동이다.

"아아, 시끄럽긴! 그러니까 하고 싶은 말이 뭐야? 이 후레자식의 머리를 박살 내면 안 된다는 거야? 그런 거야?"

"그렇다! 그분의 머리를 박살 내선 안 된다!"

"오! 그러니까 후레자식의 머리를 박살 내면 안 되는 거지?"

"그렇다! 그렇다!"

"그럼, 그렇게 하지. 썩 꺼져라! 이 후레자식아!"

호연작이 장원록의 머리를 짓밟고 있던 발을 번개같이 놀려서 그를 벽력당 무사들 쪽으로 걷어찼다. 곤륜파 상청무상신공 특유의 강맹함 중에 부드러운 내기를 깃들여서 말이다.

"우왁!"

"크아악!"

"크에엑!"

덕분에 황급히 날아오는 장원록을 받아 들려던 벽력당 무사 몇이 비명과 함께 바닥을 나뒹굴었다. 장원록의 몸속에 깃든 상청무상신공의 내기에 격산타우(隔山打牛)를 당한 꼴이 된 까닭이었다.

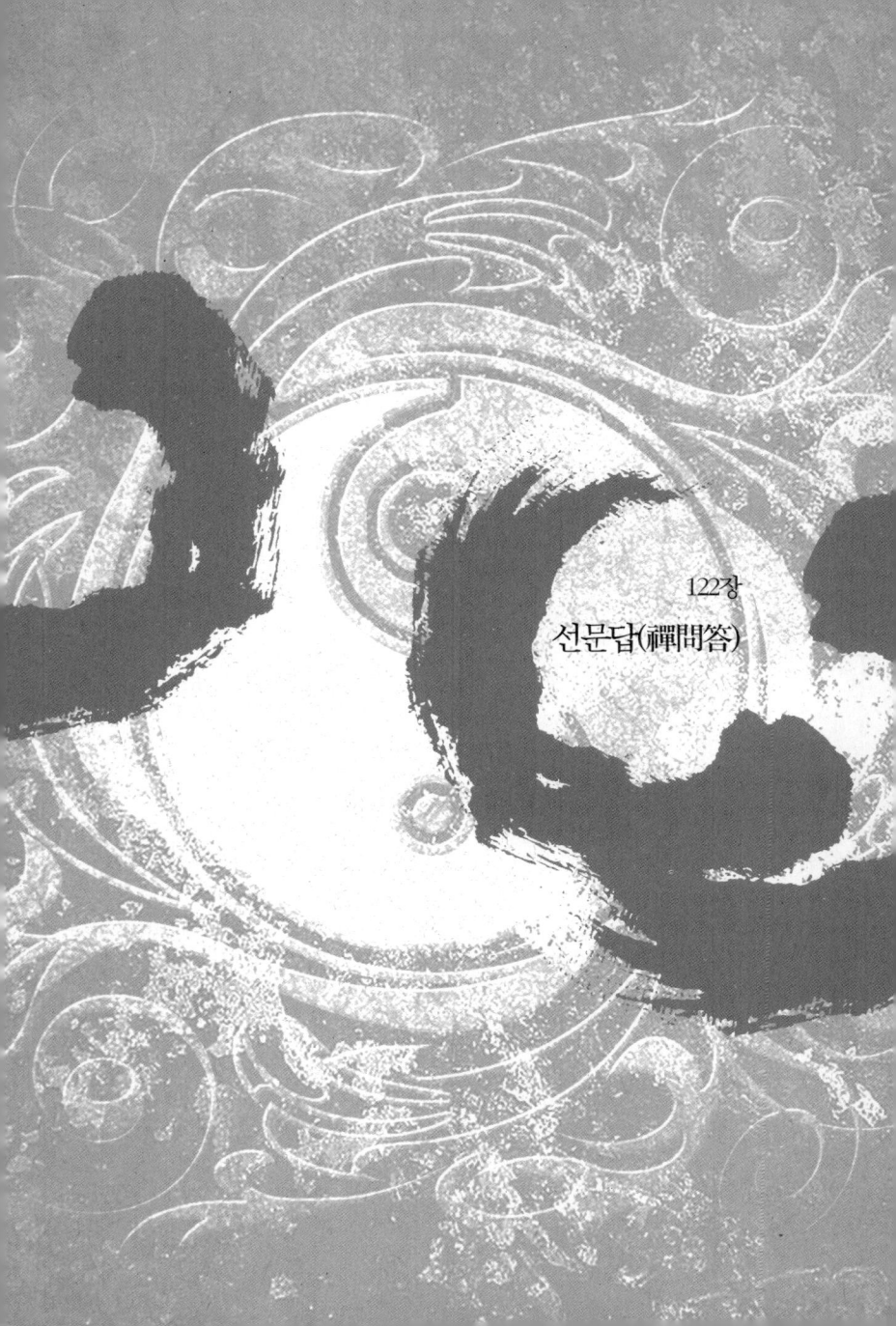

122장

선문답(禪問答)

"으하하하하!"

호연작이 호쾌하게 대소를 터뜨렸다.

자신의 발에 채여 날아간 장원록 때문에 난장판이 된 벽력당 무사들의 모습에 기세가 등등해졌다. 소진엽과 함께 곤륜산맥을 벗어난 후 가장 통쾌한 일을 행한 듯하다.

물론 반대로 장원록에겐 그야말로 굴욕적인 일이다.

"괘, 괜찮으십니까?"

"······."

"어디를 얼마나 부상당하신 겁니까?"

"······."

잇단 질문에 입을 굳게 다문 채 침묵으로 일관하던 장원록이 갑자기 곁에 있던 무사를 향해 수장을 날렸다. 안면에 주먹을 꽂아서 바닥에 쓰러뜨린 것이다.

"으헉!"

그리고 다시 주먹과 발을 날려서 두 명의 무사를 더 쓰러뜨린 그가 바람같이 신형을 일으켜 세웠다. 이미 호연작이 심어 놨던 상청무상신공의 기운은 소멸한 상태였다. 회선비검술을 방해했던 기묘한 마비 증상은 완전히 해소되지 않았으나 아예 몸을 움직이지 못할 정도는 아니었다.

차앙!

검을 뽑았다.

핏발이 어린 눈에 담겨 있는 살기는 당장 호연작을 찢어죽일 듯 흉험했다. 이런 망신을 당했으니 호연작을 죽이지 않으면 차라리 자신이 죽는 게 낫다고 생각했다.

그러자 호연작이 꾸짖듯 말했다.

"너 정말 쓰레기 같은 놈이로구나! 자기를 구하겠다고 달려온 사람들에게 주먹질을 하다니!"

"입 닥쳐!"

"네놈이나 그 주둥이 닫아라! 확 내가 바늘로 꿰매 버리기 전에!"

"죽일 놈!"

장원록이 괴성에 가까운 울부짖음과 함께 검과 하나가

되었다.

검신합일(劍身合一)?

그보다는 일종의 분검(分劍)에 가까웠다. 특기인 환환비보로 전신을 분신하며 검날을 여덟 개나 나눠서 호연작을 공격해 갔다. 최고의 절초를 펼쳐 낸 것이다.

"헛!"

호연작이 그제야 당황한 기색이 되었다.

장원록이 검을 빼 든 순간 발동한 심귀일기공이 그의 일신한 모습을 그대로 전해 왔다. 한순간이나마 강남 후기지수 중 수위를 다투던 시절의 모습과 비슷해져 있었다.

뿐만 아니다.

그와 동시에 장원록의 여덟 개로 나눠진 검에서 화악 불꽃이 치솟아 올랐다.

팔분열화섬(八分烈火閃)!

벽력당 비전의 검격이 호연작의 전신을 맹렬히 휘어 감았다. 단숨에 상반신 전체를 불꽃으로 뒤덮어 버렸다.

그러자 호연작 역시 대응에 들어가지 않을 수 없었다.

패앵!

일순 그의 허리에서 폭발적인 검광이 일어났다. 발검과 동시에 현란한 변화를 일으켜 바로 코앞까지 이른 팔분열화섬의 검격을 막아 냈다.

당연히 그것으로 끝일 리 없다.

휘리릭!

호연작의 신형이 공중으로 가볍게 날아올랐다. 그리고 뒤이어 날아든 검격을 운룡대팔식으로 피해 냈다.

그냥일 리 없다.

운룡대팔식은 곧 현란한 변화를 일으켰다. 순식간에 공격해 들어온 장원록의 정신을 쏘옥 빼놓았다. 신법의 변화만으로 극심한 혼란을 야기했다.

또다시 선공을 가하고도 수세에 몰리게 된 상황!

"크악!"

장원록이 비명에 가까운 기합성과 함께 품속에서 뇌폭을 꺼내 들었다. 정당한 일대일 대결에서 화기를 사용해선 안 된다는 벽력당의 금기 사항을 잊고, 호연작을 폭사시킬 작정을 했다.

그러나 그 순간 다시 파고든 예의 기묘한 기운!

찌잉!

장원록이 문득 손가락 사이에 끼어 놨던 뇌폭을 놓쳤다. 목표로 했던 호연작에게서 한참이나 벗어난 운하 쪽으로 내던지는 꼴이 되었다.

쾅!

기다렸다는 듯 맹렬한 폭음성이 터져 나왔다. 상당한 크기의 물기둥이 치솟아 올랐다. 장원록이 놓친 뇌폭에는 그만한 위력이 있었다.

슉!

호연작이 바닥에 떨어져 내린 채 놀란 표정이 되었다. 평생을 곤륜산맥에서 지낸 터라 화약의 놀라운 위력을 처음으로 접한 까닭이었다.

"저, 저거 뭐야?"

"화약이란 거다."

"화약? 그 불붙이면 폭발하는 거?"

"그래."

"응?"

호연작이 어느새 용두선을 떠나 자신의 곁에 다가서 있는 소진엽을 돌아보곤 놀란 표정이 되었다. 언제 이렇게 가깝게 도달했단 말인가.

'이 자식, 처음 만났을 땐 이 정도는 아니었는데…… 이젠 아예 귀신 같잖아?'

그렇게 생각하는 것도 무리는 아니다.

그가 처음으로 소진엽을 만났을 당시엔 아직 마신마체의 후유증이 진하게 남아 있었다. 본래보다 두 단계는 떨어지는 무공 능력밖엔 발휘할 수 없었다.

하지만 지금은 다르다.

지난 두 달여간의 여행 기간 동안 소진엽은 마신마체의 후유증을 모두 떨쳐 냈고, 정체돼 있던 태극무한신공 또한 진보했다. 담대광과 마신마체를 이루며 얻은 그의 무공에 대한 깊은 통찰이 일종의 기연이 된 셈이다.

물론 소진엽 자신의 노력 역시 수반되었다.

우연찮게 얻은 단초를 끈질기게 붙잡고 늘어져서 소진
엽은 결국 태극무한신공의 신경지에 도달했다. 직접적으로
견줘 본 적은 없으나 담대광의 신마절기에 결코 못하지 않
다고 내심 자부할 정도의 수준으로 말이다.

'물론 사부님은 절대로 인정하려 하지 않으실 테지
만……'

내심 피식 웃어 보인 소진엽이 살짝 질린 표정인 호연작
의 어깨를 가볍게 두드려 주곤 앞으로 나섰다.

눈앞의 장원록, 구면이다.

절세미녀에 견줄 만하던 매끈한 용모가 상당 부분 상하
긴 했으나 여전히 영준한 얼굴이었다. 명문의 자제들 중에
서도 손꼽힐 정도이던 오만무례한 성품도 그렇고, 쉽사리
잊힐 리 만무하다.

"산서 벽력당도 다됐군."

"가, 감히!"

"아니면!"

"……"

큰 목소리가 아니었다. 그냥 아주 약간 어조가 강해진 정
도였다. 그러나 격분해 있던 장원록은 일순 움찔한 기색이
되었다.

왜인지는 모른다.

그냥 소진엽이 안색을 굳힌 것만으로 몸이 오그라들었다. 위축되어서 더 이상 화를 낼 수 없었다.

"자네는 어째서 정당한 일대일의 대결에서 화기를 사용한 거지? 과거 내가 알고 있던 미검봉명 장원록이란 사내는 그런 비열한 짓을 하진 않았던 것 같은데 말야."

"나, 날 아시오?"

"그러는 자네는 날 모르는 건가? 나 소진엽이야!"

"소진엽?"

"그래, 예전에 모용세가에서 본 적 있잖아."

"……."

장원록이 혼란스런 표정으로 인상을 썼다. 뭔가 머릿속이 헝클어져서 사고가 정지되어 버린 것 같다.

그러자 소진엽이 굳어 있던 안색을 풀었다.

"그렇군. 그동안 고초가 많았던 거군."

"그, 그게 무슨 말……."

"……."

"……이시오?"

소진엽의 태도 변화에 다시 화를 내려던 장원록이 곧바로 꼬리를 내렸다. 역시 이상하다. 소진엽에겐 결코 저항할 수 없을 것 같은 기분이 들었다.

그때 갑자기 장원록의 바로 앞에 다가선 소진엽이 그의

어깨를 가볍게 두드려 줬다. 호연작 때와 같이.

털썩!

그로 인해 벌어진 결과는 완전히 딴판이었다. 무방비 상태로 소진엽의 손을 허락한 장원록이 갑자기 두 눈 가득 눈물을 담았다.

주룩!

흘러넘치다 못해 쏟아져 내린다.

툭! 툭!

그리고 다시 소진엽이 어깨를 두드리자 무릎까지 꺾인다. 완전히 마음의 의지가 붕괴되어 버린 것이다.

털썩!

"크흑! 크흐흐흐흐흑!"

"⋯⋯."

고개까지 푹 숙여 버린 장원록의 어깨가 끊임없이 들썩였다. 연달아 소진엽의 손을 허락한 후 갑자기 가슴 깊숙한 곳에서 치솟아 오른 격정이 오열로 변해 버렸다. 반교연에게 조교를 당해 심마와 주화입마를 연달아 겪은 후 가슴속에 쌓인 분노가 주체할 수 없이 쏟아져 나왔다.

덕분에 일시에 얼음굴처럼 변해 버린 주변!

장원록의 주변에 집결해 있던 벽력당 무사들이 일제히 넋을 잃어버렸고, 조금 멀리 떨어져 있던 남궁세가 무사들 역시 상황은 비슷했다. 정신적인 충격을 받아서 일시지간 뭘 어찌해야 할지 모르는 상태가 되어 버렸다.

잠시뿐이다.

역시 마찬가지의 이유로 넋을 잃고 있던 남궁걸이 얼른 신형을 날려 왔다.

스파앗!

발검된 검에서는 시퍼런 검기가 어른거린다. 장원록이 소진엽의 사술에 당했다는 판단이었다.

움찔!

그러나 소진엽의 지근거리까지 접근했을 때 그의 신형이 갑자기 격렬한 진동을 일으켰다. 일시 이해할 수 없는 저항감과 맞닥뜨려서 더 이상 신형을 움직일 수 없게 되어 버렸다.

'이, 이건 또 무슨 사술이란 말인가!'

내심 경악한 표정으로 신형을 멈춘 남궁걸이 검을 자신의 가슴 쪽으로 가져갔다. 혹시 모를 소진엽의 반격으로부터 자신을 보호하기 위한 조치였다.

소진엽이 피식 웃어 보였다.

"진짜 친구는 아니로군."

"그, 그게 무슨 소리요?"

"자신이 가장 잘 알 텐데!"

"……."

소진엽의 시선을 접한 남궁걸이 입을 다물었다.

가슴이 쿵 하고 내려앉는 것 같았다. 차가운 얼음으로 된 칼날에 자신의 어두운 속내가 그대로 헤집어졌다. 마치 예정되어 있었던 것처럼 말이다.

그때 소진엽이 여전히 흐느끼길 멈추지 않는 장원록의 어깨를 두드려 줬다. 세 번째다.

"이제 속이 좀 풀렸나?"

"……예."

"후회되겠지. 하지만 후회란 건 그냥 지금 느끼는 감정의 유희에 불과해. 마음속에서 지워 버리면 그냥 아무것도 아니게 되는 거야."

"…… ."

선문답이다.

평상시의 소진엽이라면 절대 할 수 없는 말이었다.

하지만 어울린다.

지금 이 순간 미칠 듯한 회한에 빠져 있던 장원록에겐 한 가닥 구원의 동아줄이나 다름없었다.

스윽! 슥!

잠시 물끄러미 소진엽을 올려다보고 있던 장원록이 소매로 눈가를 훔치고 신형을 일으켜 세웠다. 붉은 기가 감돌던 눈빛이 맑아졌다. 항상 분노해 있던 얼굴 역시 온화해졌다. 소진엽의 촉발에 의해 쏟아 낸 회한의 눈물 덕분에 정신적인 환골탈태(換骨奪胎)를 이룬 것이다.

반면 남궁걸의 안색은 극도로 어두워졌다.

장원록과는 반대다.

소진엽이 촉발시킨 마음속의 어둠이 점점 더 크게 자라나고 있었다. 그의 심사를 마구 뒤흔들었다.

'나는 줄곧 원록을 부러워했다! 증오해 왔다! 그래서 계속 그의 곁을 떠나지 않고 있었다! 친구인 척 어울리며 혹여 그가 다시 예전의 미검봉명으로 돌아올 것을 걱정했다! 그렇게 되면 다시는 절대로 그를 뛰어넘을 수 없다는 걸 알고 있었기 때문에…….'

아픈 진실이다.

느닷없이 얻은 깨달음이었다.

찰나간 무수히 많은 혼란을 맛본 남궁걸이 고개를 푹 숙인 채 신형을 돌려세웠다. 더 이상 장원록과 얼굴을 마주할 자신이 없었기 때문이다.

＊　　　＊　　　＊

'혈! 저런 망할 제자 놈을 봤나! 며칠 사이에 더욱 고약스럽게 변해 버렸잖아!'

선착장에서 그리 멀지 않은 소산의 정상!

한 그루 고목 위에 몸을 눕히고 있던 담대광이 인상을 크게 찌푸려 보였다.

곤륜산맥을 떠나고 두 달여.

그동안 그는 점차 소진엽과의 거리를 벌려 왔다. 평상시처럼 그의 곁을 맴돌기는 했으나 될 수 있으면 접속을 시도하지 않았다. 자신의 마기가 소진엽이 본격적으로 연마에 들어간 태극무한신공에 악영향을 미칠 것을 저어한 때문이었다.

아니다.

그건 단지 변명에 불과했다.

분명 처음에는 그런 의도가 있었다. 마신마체를 이룬 사이 그가 얻어서 소진엽과 공유한 태극무한신공의 심득을 정리할 시간이 필요해서였다.

그러나 곧 상황이 역전되었다.

시작의 단초는 담대광이 주었으나 그 후 이뤄진 태극무한신공 심득의 확장은 오롯하니 소진엽 자신의 것이었다. 마신마체의 후유증이 계속되는 사이 그는 전심전력으로 태극무한신공에 매달렸다. 그 속에서 마신마체의 후유증을 벗어날 희망을 봤기 때문이다.

그리고 그 결과 담대광과 소진엽 간의 굳건한 결속에 작은 틈이 생겼다. 마신 그 자체나 다름없는 담대광의 마기를 소진엽에게서 확장된 태극무한신공이 기묘하게 변화시켰다. 밀어내거나 반발하는 게 아니라 오히려 몸속으로 받아들여 융합했다. 아주 이상한 것으로 바꿔 버렸다.

그게 아주 빠르게 진행되었다.

일시 담대광이 자신의 존재 자체가 흐릿해지는 위기감을 느낄 만큼 말이다.

이런 느낌, 낯설지 않다.

제법 익숙했다.

아주 오래전, 소리산에게 납치되기 전 느꼈었다. 다른 누가 아닌 부친 태극무검선제에게서.

'고약스럽다! 정말 고약스러워! 아버지에게 느꼈던 그 고약스러운 기운을 저 허접스러운 제자 놈이 풍기는 날이 올 줄이야! 이래서야 곁에 다가가기도 힘들어졌잖은가 말야!'

내심 고소와 함께 고개를 저어 보인 담대광이 문득 공중으로 떠올랐다.

슬슬 선착장에서의 상황이 정리되어 가고 있었다. 잠시 멈췄던 용두선의 출발이 임박한 것이다.

*   *   *

철썩! 철썩!

다시 항주로 향하기 시작한 용두선 갑판 위에는 어느새 술동이가 가득 쌓여 있었다. 예정대로 소산상회 상인들의 탑승이 이뤄진 까닭이었다.

그리고 함께하게 된 또 한 사람!

한차례 대성통곡으로 오랫동안 마음속에 자리 잡았던 마음의 병을 깨끗이 씻어낸 장원록이었다. 언제 죽기 살기로 싸웠냐는 듯 호연작과 술 한 동이를 나눠 마시고 화해한 그의 얼굴에는 편안함만이 가득했다.

호연작이 또 다른 술동이를 따면서 장원록에게 은근한 표정으로 말했다.

"장 도우, 내가 궁금해서 그런데……."

"어째서 미쳐 날뛰던 제가 갑자기 어린애처럼 울었는지 궁금하신 거겠지요?"

"……뭐, 대답하기 곤란하지 않다면 말해 주면 좋겠소. 아무리 생각해도 당최 이해가 가지 않아서 속이 근질근질하거든."

"그럼 어째서 소 대협에게 묻지 않는 겁니까?"

"그야……."

호연작이 그들과 함께 어울리지 않고 선수 쪽에 서 있는 소진엽 쪽을 바라보곤 조그맣게 중얼거렸다.

"……꽤 오랫동안 함께 여행했지만 나는 아직도 저 인간에 대해 아는 게 별로 없소. 매일같이 사람이 달라져서 가끔은 생경하게 느껴지기까지 하거든."

"비슷할 겁니다."

"비슷해?"

"예, 저 역시 호 도장과 비슷한 느낌을 소 대협에게 받았습니다. 흡사 오랫동안 길을 헤매게 했던 안개가 걷히자 갑자기 끝 모를 망망대해(茫茫大海)를 만난 것 같다 할까요?"

"그래서 울었던 거요?"

"당황하고 안도했던 것 같습니다."

"당황하고 안도해? 그건 또 무슨 소리요?"

"글쎄요? 그냥 그렇게 표현할 수밖에 없는 것 같습니다. 하지만 한 가지 분명한 건 있습니다."

"그게 뭐요?"

"소 대협 덕분에 저는 마음속의 어둠을 어느 정도 털어낼 수 있었습니다."

"어려운 말이군."

"그렇죠? 저도 그렇게 생각합니다."

"······."

"그래서 앞으로 소 대협의 뒤를 한동안 따라다녀 볼까 합니다. 그러다 보면 이 어려운 기분을 확실하게 깨닫게 되는 날이 있지 않겠습니까?"

"역시 어려워!"

투덜거리듯 말한 호연작이 술동이를 들어 한 모금 마신 후 불쑥 일어서더니 휘청거리는 걸음으로 소진엽에게 다가갔다. 무공의 고수답지 않게 매우 위태로워 보이는 모습이다. 자칫 끊임없이 흔들리고 있는 갑판 위에 자빠질 것만 같다.

그래도 용케 그는 소진엽에게 도달했다.

"이거 받아!"

소진엽이 술동이에서 훅 하고 올라오는 주향(酒香)에 씨익 웃어 보였다.

"좋은 술이군."

"좀 약하긴 하지만 좋은 술이지. 강남에 오길 잘했어."

"그건 다행이군."

"그런데 말야. 너…… 우욱!"

소진엽에게 삿대질을 하던 호연작이 갑자기 격하게 어깨를 들썩이더니 뱃전에 달라붙었다. 오랜만에 발동한 술벌레들에 의해 억눌려 있던 뱃멀미가 다시 돌아온 것이다.

"우웩! 우웨에에엑!"

"아깝게."

소진엽이 방금 전 마신 술을 아낌없이 운하에 쏟아붓고 있는 호연작의 등을 두드려 주며 혀를 찼다. 아무리 배를 처음 타 본다지만 정말 뱃멀미 한번 지독하게 한다.

홀짝!

소진엽이 술 한 모금을 마신 후 술동이를 장원록에게 던져 줬다. 모양새를 보아하니, 호연작의 이 차는 이걸로 끝인 듯싶다. 마신 술보다 더 많은 걸 토해 내고 있으니 말이다.

"우웩! 우웨에에에엑!"

그렇게 결코 멈출 것 같지 않은 호연작의 토악질 속에 용두선은 항주로 나아갔다. 잠시도 쉬지 않았다.

그렇게 소산의 나루를 떠나고도 하루 밤낮을 꼬박 운하를 거슬러 올라 항주부를 앞에 두게 되었다.

항주!

오대(五代)에는 오월(吳越)의 수도였고, 남송(南宋) 때 임안(臨安)이라 불리다 근래 부로 승격한 강남제일의 도시. 무림맹을 중심으로 집결한 정파 세력이 무림맹주를 뽑기 위해 천무지회를 개최하기로 한 풍운의 대지.

그곳이 화려한 불빛을 가득 밝힌 불야성(不夜城)이 되어 용두선을 맞이했다. 마치 곧 벌어질 정파제일의 축제가 지금 당장 시작되기라도 한 것처럼 말이다.

탁!

용두선이 선착장에 닻을 내리자마자 호연작이 한 줄기 바람이 되었다.

밤새 토악질로 고생했던 터.

꿈에서도 그리던 뭍에 도착한 이상 더 이상 지옥 같은 뱃멀미를 감내하고 있을 이유가 만무했다. 그가 펼친 운룡대팔식은 그야말로 화려함, 그 자체였다.

"우와!"

"우와아!"

"멋진 경공이다!"

선착장에 모여 있던 사람들 사이에서 탄성이 터져 나왔다. 개중 무림인으로 보이는 자들은 눈을 번뜩이며 완연한 경계의 기색을 드러냈다.

근래 항주에 모여든 무림인들의 대부분은 천무지회가 목적일 터였다. 갑자기 강적으로 보이는 고수가 등장해 세인들의 이목을 집중시키니, 긴장할 수밖에 없었다.

그러나 곧 그들의 입가에 실소가 어렸다.

"우웩! 우웨에에엑!"

운룡대팔식을 펼쳐 멋지게 바닥에 착지한 호연작은 연신 바닥에 토악질을 해 댔다. 불야성의 자태를 드러내고도 세 시진이 훌쩍 지나서야 도착한 선착장에 배 속에 마지막까지 남아 있던 술 찌꺼기를 쏟아 내었다.

"푸하하, 신법만 그럴듯한 자였군."

"내가의 고수라면 마땅히 가장 먼저 자신의 속을 가다듬어야 하는 것을."

"그러게 말야? 요즘 젊은 것들은 진득하게 기초를 쌓을 생각은 없이 속성으로 잡 기술이나 익히려 하니 큰 문제야."

실소와 함께 호연작을 흉본 자들이 하나둘 관심을 끊고 제 갈 길을 찾아 떠났다. 마음속에서 강적 한 명을 지운 것에 적이 만족한 듯 보인다.

물론 모두 그런 것은 아니다.

몇 명은 실소를 짓지 않았을뿐더러 제 갈 길을 찾아 떠나지도 않았다. 일반인들 사이에 몸을 숨긴 채 은밀한 눈빛을 호연작에게 고정시키고 있었다. 그가 펼친 운룡대팔식이 절대 속성으로 익힐 수 있는 잡기술 따위가 아니란 걸 알아봤기 때문이다.

그때 완전히 정박을 끝낸 용두선 위에서 소진엽과 장원록이 함께 뛰어내렸다.

슥!

장원록이 환환비보를 펼쳐 호연작에게 다가갔다. 밤새 멀미에 시달렸던 그가 걱정되어서였다.

"호 도장……."

"잠깐만!"

호연작이 갑자기 손을 들어 장원록을 저지했다. 그를 자신의 곁에 다가들지 못하게 했다. 그리고 마지막 힘을 모았다가 거세게 쏟아 냈다.

"우웨에에에엑!"

"……."

장원록의 준수한 얼굴에 살짝 질린 기색이 스쳐 갔다. 바로 코앞에서 호연작이 쏟아 낸 대량의 분비물을 접하고 잠시 머릿속이 하얗게 변했다.

'이 사람, 생각했던 이상으로 더럽다······!'

그런 식으로 장원록이 호연작을 재평가하는 사이 그가 속을 완전히 비웠다. 마지막의 마지막까지 남아 있던 멀미의 찌꺼기를 깨끗이 털어 낸 것이다.

그런 후 소매로 입매를 훔친 호연작이 태연자약한 표정으로 장원록에게 말했다.

"장 도우, 이제 괜찮소."

"······저, 정말 괜찮으신 겁니까?"

"물론이오. 나는 방금 전에 본파의 신공을 발휘해서 몸속을 관(觀)하고, 환골탈태시켰소. 현재 내 오장육부는 갓 태어난 아이처럼 맑고 순수해졌다고 할 수 있소."

"그, 그건 다행이로군요."

"다행일 것도 없소. 덕분에 배가 무척 고파졌으니까. 당장 요기가 시급하오."

"······."

장원록은 입을 다물었다.

방금 전에 평생 본 것보다 훨씬 많은, 남의 몸속에서 쏟아져 나온 분비물을 봤다. 식욕이 돋을 리 없었다. 태연하게 식욕을 논하는 호연작의 태도도 이해되지 않았다.

그때 소진엽이 느긋한 걸음으로 다가왔다.

마치 이런 일이 기다리고 있을 줄 알았던 것 같다. 적당한 때를 아주 잘 포착했다.

"예전부터 항주에는 삼외(三外)가 있다고 하더군."

"삼외?"

의아한 기색이 된 호연작에게 장원록이 설명하듯 말했다.

"천외천(天外天), 산외산(山外山), 루외루(樓外樓)라는 세 개의 고급 음식점을 뜻합니다. 자고로 강남에서 이 세 음식점의 요리를 맛보지 않고선 식도락(食道樂)을 논할 수 없다고 하지요."

호연작의 얼굴이 환해졌다.

"헤에? 과연 항주로군! 음식점 이름도 아주 우아해. 그럼 뭘 하는 건가? 지금 당장 그 삼외란 곳으로 안내하잖구서!"

"그게……."

"왜?"

"……소생도 사실 항주에는 초행이라 삼외가 어디에 있는지는 잘 모릅니다."

"원시천존!"

호연작이 장탄성이 섞인 도호를 터뜨렸다. 지나친 실망감에 곤륜파 제자란 걸 숨겨야 하는 것조차 잊어버린 것이다.

소진엽이 피식 웃었다.

"염려할 거 없네. 우리에겐 꽤 훌륭한 안내자가 있으니까 말야."

"안내자? 언제 우리에게 그런 게 생겼지?"

"지금."

소진엽이 짤막한 한마디와 함께 가볍게 신형을 움직여 갑자기 오륙 장가량의 거리를 가로질렀다.

일보삼장세?

비슷하나 조금 달라 보인다. 형(形)은 비슷하나 기묘한 선기(仙氣)가 담겨서 더욱 종잡을 수 없어졌다. 전설상의 축지성촌이나 다름없어 보인다.

'헉!'

갑자기 번쩍하더니, 자신 앞에 모습을 드러낸 소진엽 때문에 은룡이십삼호는 내심 기함을 터뜨렸다. 일시 심장이 입 밖으로 튀어나오는 줄 알았다.

그러나 그는 엄청난 수련으로 극기심을 기른 자였다.

특수한 임무를 수행하는 비밀 요원이었다.

잠시 얼굴 근육이 경련했을 뿐 그는 천연덕스레 시치미를 떼었다. 소진엽의 느닷없는 등장에 평범한 사람처럼 반응했다. 그런 식으로 위기를 모면하려 했다.

"우왓! 놀래라!"

"놀랄 것 없어. 그냥 한동안 길 안내나 해 주면 되니까."

"기, 길 안내라니! 본인은 길 건너 사거리에서 소면집을 운영하는 사람으로서……."

"길 안내만 해 주면 된다니까. 아니면 주변에 있는 다른 동료들한테 부탁할까? 세 명 정도 더 있는 것 같은데?"

"……어, 어디로 안내하면 됩니까?"

"삼외."

"그, 그곳에만 안내하면 되는 겁니까?"

"물론. 어차피 주변에 있는 동료들이 상부에 곧바로 보고할 테니까 약속을 어길 걱정 같은 건 하지 않아도 되잖아."

"……."

은룡이십삼호가 입을 다문 채 고개를 끄덕였다.

극기에 가까운 자제력으로 동료들 쪽으로 시선을 던지지 않았다. 소진엽의 말을 온전히 믿을 수 없었기 때문이다.

아니다.

그는 확신했다.

그랬기에 소진엽이 던진 위협 아닌 위협에 굴복했다. 마음속 깊숙한 곳으로부터 완전히 꺾여 버렸다. 아예 반항할 엄두조차 낼 수 없었다.

왜?

의문에 대한 대답은 얻을 수 없었다.

그냥 이유 불문이었다.

그렇게 해야만 했고, 그렇게 하기로 결정했다.

'이거 쓸 만한데?'

소진엽이 단 몇 마디로 굴복시킨 은룡이십삼호를 바라보며 내심 미소 지었다.

그가 사용한 건 태극무한신공이었다.

음선 제갈약란에게 배운 언령지법에 태극무한신공의 묘리를 담아서 은룡이십삼호를 단숨에 굴복시켰다. 특수한 임무를 수행하기 위해 극고의 수련을 쌓은 비밀 요원을 순식간에 자신의 수중에 넣는 데 성공한 것이다.

뿐만 아니라 그 전에 비밀 요원들을 식별해 낸 것 역시 태극무한신공의 묘용이었다.

근래 빠른 진보를 보인 이 불세출의 신공은 점차 그의 기감을 확장시켰고, 이젠 자연스럽게 항주 선착장 전역을 그 영역 안에 담아내고 있었다. 수백 명이 넘는 사람들 한 명, 한 명의 사념을 읽어 내어 순식간에 이상 징후를 보이는 자들을 식별해 내는 데 성공했다.

'이게 어디까지 발전할지 궁금하군. 언제부턴가 제멋대로 영역을 확장해 가고 있으니 말야. 그래서 사부님이 근래 접속을 하지 않으려 하시는 건가?'

다른 때 같으면 당장 뒤통수에 불벼락이 떨어질 생각이다. 사부 담대광의 존엄에 중대한 훼손을 가하는 것이었기에.

하지만 그런 일은 벌어지지 않았다.

담대광은 접속하지 않았다. 버릇없는 제자를 혼내며 응징하지 않았다.

까딱!

소진엽이 고개를 가볍게 꺾고는 씨익 웃어 보였다.

예상대로다.

담대광은 현재 태극무한신공으로 확장된 그의 기감 밖으로 벗어나 있었다. 앞으로 다시는 예전처럼 제멋대로 오갈 수 없으리라.

그때 호연작이 장원록과 함께 달려왔다.

얼굴에 허기가 가득하다. 당장 뭐라도 먹여 주지 않으면 영양결핍으로 혼절할 것 같다.

소진엽이 말했다.

"그럼 삼외 중 어디부터 갈까?"

"어디든! 어디든지 지금 당장 먹을 게 있는 장소로!"

"정말 배가 고팠나 보군."

"당연하지!"

호연작이 열광적으로 소리 질렀다. 장원록은 미심쩍은 표정으로 시무룩한 은룡이십삼호를 바라봤다. 어쩌다가 그가 안내자가 되었는지 짐작조차 할 수 없었기 때문이다.

은룡이십삼호는 개의치 않았다.

그가 세 사람에게 한 차례씩 허리를 숙여 인사한 후 말했다.

"항주에서 작은 소면집을 차리고 있는 한가라 합니다. 지금부터 안내를 맡게 되었으니, 잘 부탁드리겠습니다."

"됐고! 얼른 우릴 먹을 것이 있는 곳으로 안내하도록 하시오! 배가 등짝에 달라붙어서 죽을 지경이오!"

"예, 그러지요."

한가라 자신을 소개한 은룡이십삼호가 대답과 함께 세 사람을 이끌고 선착장을 떠났다. 흡사 처음부터 이러기로 약속이라도 했던 것처럼 아무런 위화감 없이 일행으로 합류한 것이다.

*　　　*　　　*

소진엽 일행의 안내자가 되어 선착장을 떠나가는 은룡이십삼호의 모습에 당황한 자들이 있었다.

소진엽에게 간파된 그의 동료들이었다.

생각지도 못했던 돌발 상황에 세 명의 비밀 요원들이 은밀하게 회동했다. 여전히 사람들의 장막에 자신들을 숨긴 채 전음을 주고받기 시작했다.

[뭐, 뭐야? 저거 뭐 하는 거야?]

[우리 몰래 상부에서 은룡이십삼호에게 단독 임무가 하달된 거 아니겠어?]

[단독 임무? 역시 그런 걸까?]

[아니면 저렇게 자연스럽게 일행으로 합류할 리 없잖아?]

[확실히 그렇긴 한데…….]

[다른 의견이라도 있는 건가?]

[……꼭 그런 건 아닌데, 이런 일은 전례가 없던 일이라 말야.]

[상부에 보고해야 하려나?]

[역시 그래야 하지 않겠어? 만에 하나란 게 있으니까.]

[알겠어. 그럼 나와 은룡삼십호가 함께 은룡이십삼호의 뒤를 쫓을 테니, 은룡삼십삼호 자네가 상부에 보고하도록 하게.]

[그러지, 은룡이십일호. 그럼, 보중하시게.]

[자네 역시.]

하루에도 수천 명이 오갈 만큼 번화한 항주 선착장.

석 달 전부터 이곳을 지키고 있던 무림맹 총군사 직속의 비선조직인 은룡단(隱龍團)의 비밀 요원 삼 인은 그렇게 잠시 작별을 고했다. 갑작스런 돌발 상황을 해결하기 위해 결단을 내린 것이다.

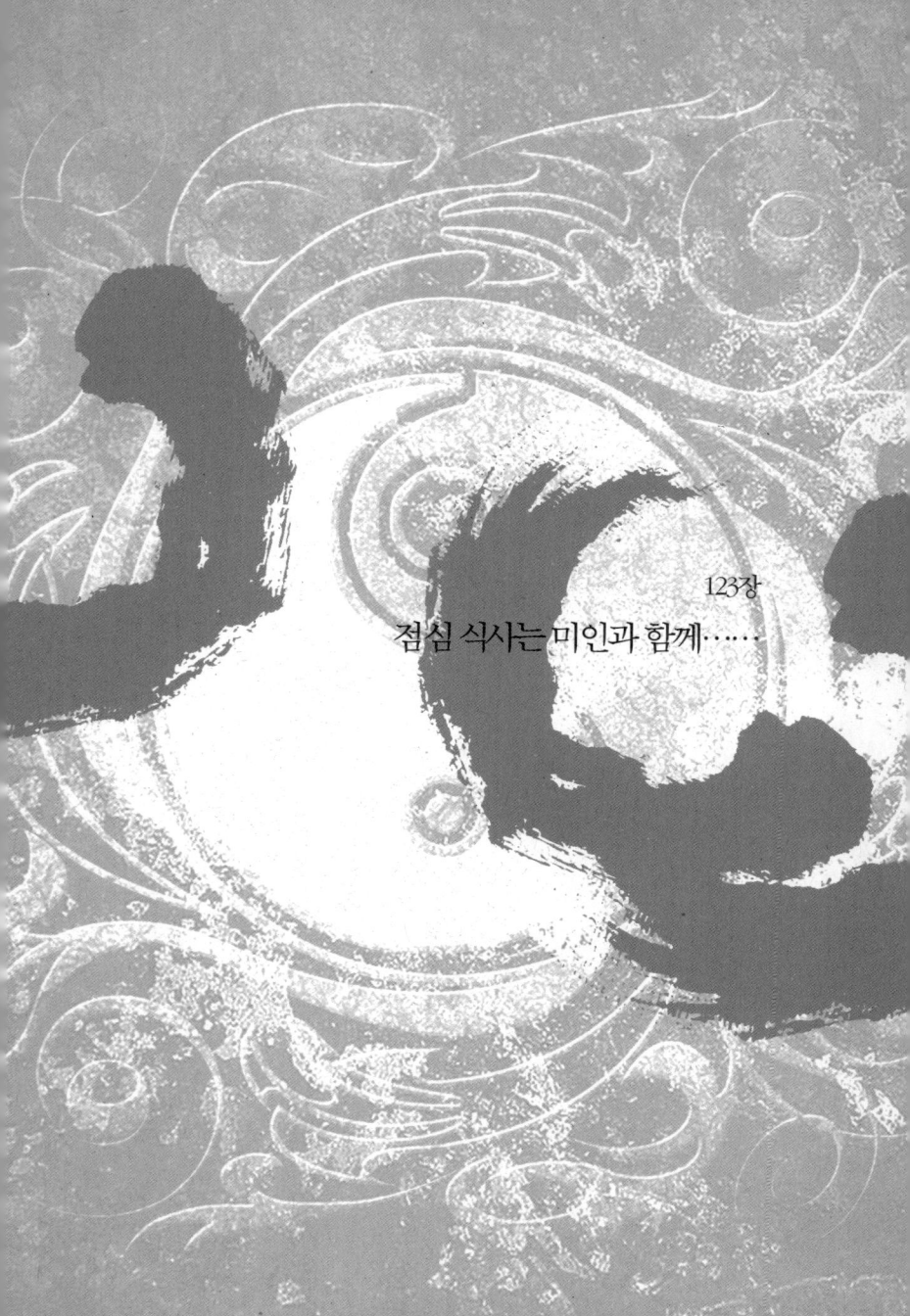

123장
점심 식사는 미인과 함께……

천외천.

하늘 밖의 하늘이라.

진정 광오한 이름이다. 만약 이런 이름을 가진 문파가 존재한다면 당장 전 무림인의 도전을 받아서 존립의 위기를 맞게 될 터였다.

이름이 가지는 힘!

이름이 지켜야만 하는 가치!

그만큼 대단했다. 함부로 할 수 없었다.

특히 무림에서 그러했다.

하지만 다행스럽게도 눈앞에 광오한 현판을 매단 장소는

무림과는 전혀 관련이 없었다. 그냥 평범한 음식점이었다. 항주에서 맛있는 음식으로 정평이 난.

호연작이 감탄한 표정으로 말했다.

"역시 손님이 많군. 역시 이름값을 한다는 뜻일 테지?"

"뭐, 그럭저럭 괜찮은 것 같군."

"그럭저럭 괜찮다니! 음식점 자체가 이렇게 커다란데 손님이 가득 찼고, 줄까지 서서 기다리잖아! 분명히 이곳이 항주제일의 음식점일 거야!"

"그건 아닌 것 같은데……."

"왜 그렇게 부정적인 거야?"

평가를 유보하는 소진엽의 태도에 호연작이 잔뜩 성난 표정을 지어 보였다. 괜스레 초를 친다고 여긴 까닭이다.

그러자 장원록이 슬그머니 끼어들었다.

"호 도장, 소생도 소 대협의 의견이 타당하다고 생각됩니다."

"그건 어째서 그런 거요?"

"손님이 너무 많지 않습니까?"

"그거야말로 좋은 거 아니오? 저렇게 줄을 서서 먹을 만큼 음식이 맛있다는 의미니까."

"그렇긴 합니다만……."

장원록이 잠시 말끝을 흐렸다가 설명했다.

"……본래 최고의 음식점은 음식값이 결코 싸지 않습니

다. 최고의 숙수들이 최고의 식자재를 가지고 최고의 요리를 조리하기 때문이지요. 그런데 이곳에는 손님이 지나칠 정도로 많군요."

"그게 뭐가 문제라는 거요?"

"손님이 지나칠 정도로 많다는 건 음식 가격이 저렴하다는 걸 뜻하는 것이니까요."

"그럼 더 좋은 거잖소. 나는 값싸고 음식 맛이 좋은 게 오히려 더 최고라 할 수 있다고 생각하오. 더욱 많은 사람들이 음식을 맛볼 수 있기 때문이오. 세상과 담을 쌓고서 소수의 사람만 즐기는 것은 결코 진짜 음식의 도는 아닐 것이오."

"장 도장의 뜻도 틀린 건 아닙니다만⋯⋯."

장원록이 뭐라 다시 반박하려다 입을 다물었다. 호연작이 한 말이 크게 문제 될 건 없다는 생각이 들었기 때문이다.

'과연 호연작은 소탈한 사내로군! 도가의 인물답게 가끔씩 본질을 꿰뚫어 보는 능력이 있어.'

소진엽은 내심 호연작을 바라보며 고개를 끄덕였다.

그가 한 말은 평범하나 속에 담긴 뜻은 의외로 깊이가 있었다. 세상의 본질을 담아내고 있었다. 그 자신이 의도한 것인지는 모르겠지만 말이다.

그 같은 생각과 함께 상당한 규모인 천외천 내부를 한 차례 훑어본 소진엽이 몇 걸음 떨어져 있는 은룡이십삼호에게 다가갔다. 그의 표정이 슬쩍 굳었다.

"한 형, 여기 천외천에서 가장 유명한 음식은 뭐요?"

"한 가지로 딱히 규정하긴 어렵습니다만……."

"점심에 먹을 만한 요리로 추천해 주시오."

"……그렇다면 역시 만두(饅頭), 보사과(寶砂鍋), 산황과(酸黃瓜), 송이계사(松栮鷄絲), 십경화과자(十景火鍋子), 십금화과자(什錦火鍋子), 어향우육(魚香牛肉), 장라복(醬蘿蔔) 정도를 추천해 드릴 수 있을 것 같습니다. 이곳 천외천은 항주에서도 유명한 음식점이니 이 모든 음식이 다 최상급의 맛을 자랑한다고 할 수 있지요."

"잘 아는군."

"앞서 말씀드린 대로 소인도 작으나마 소면집을 운영하고 있는지라……."

"알겠소. 그럼 앞장서시오."

"……예?"

"다행스럽게도 이곳은 한 형의 안면이 통하는 곳이 아니오? 동료들에게 말해서 적당히 우리 자리를 마련해 주시오."

"그, 그런 것도 알고 계셨습니까?"

"몰랐소."

"예?"

당황한 표정의 은룡이십삼호에게 소진엽히 히죽 웃어 보였다.

"그런 표정 할 것 없소. 나는 삼외로 안내하라 했고, 한 형은 이곳으로 우릴 데려왔소. 그럼 뭐, 뻔한 것 아니겠소?"

"……."

"그러니 얼른 자리를 마련해 주시오. 당장!"

"잠시만 기다려 주십시오!"

은룡이십삼호가 소매로 이마에 난 땀을 훔치고 천외천 안쪽으로 뛰어 들어갔다.

정말 모를 일이다.

함께하는 시간이 길어질수록 점점 더 소진엽에게 저항할 도리가 없었다. 감히 반항하거나 딴마음을 품을 수 없었다. 도저히 그럴 마음이 들지 않았다.

잠시 후.

천외천 내에서도 전망이 좋은 장소에 자리를 잡은 소진엽, 호연작, 장원록의 표정은 훈훈하기 이를 데 없었다. 은룡이십삼호 덕분에 아주 융숭한 대접을 받게 되었다. 눈앞에 잔뜩 차려진 미식(美食)들의 향연에 절로 마음이 흐뭇해지지 않을 수 없었다.

한데 그렇게 세 사람의 즐거운 식사가 시작되려 하던 바로 그때.

우당탕!

갑자기 천외천 밖에서 소란이 일어났다. 점심시간이 지나간 터임에도 대기 줄이 줄어들지 않던 입구 쪽에 갑자기 고성이 터져 나오기 시작한 것이다.

"빌어먹을! 우리 중주사협(中州四俠)을 무시하는 것이냐!"

"누군 한 시진이 넘게 기다리고 있는데 새치기를 하는 놈들이 있다니!"

"용서할 수 없다! 당장 주인 나오라고 그래!"

"그래, 당장 우리 앞에 달려 나와 사죄를 해라! 단단히 사죄를 해야 할 것이야!"

은연중 내공을 실은 외침이다.

대기 중으로 가벼운 진동이 파랑처럼 퍼져 나오는 게 그러했다.

덕분에 천외천 내부가 더욱 소란스러워졌다.

"으헉!"

"까악!"

"으아악!"

입구 가까운 곳에서 음식을 즐기고 있던 일반인 몇 명이 비명을 터뜨렸다. 자신들을 중주사협이라 칭한 자들이 터뜨린 폭갈 속에 담긴 내력을 감당할 수 없었기 때문이다.

호연작의 표정이 확 바뀌었다.

"원시천존! 이런 못된 도우들을 봤나! 저거 우리 들으라고 하는 소리지?"

"호 도장이 여기에서 나설 필요는 없을 것 같군."

"그건 무슨 소린가?"

"이곳도 그냥 평범한 음식점은 아니란 뜻이지."

"뭐……."

호연작이 소진엽의 의미심장한 말에 인상을 써 보이다 눈을 빛냈다. 비로소 입구 쪽에서 난동을 부리고 있는 중주사협 쪽으로 다가가는 몇 명의 장한들을 발견한 까닭이었다.

"……평범한 손님들은 아닌 것 같은데?"

"그럴 리가 없지."

"게다가 제법 고수들 같으니 저 도우들도 곧 정리되겠구만."

"그럴 테지. 하지만 과연 이걸로 끝일지는 모르겠군."

"끝이 아니면?"

호연작이 소진엽에게 반문을 던졌을 때였다.

우당탕! 쿵! 쾅!

앞서보다 요란한 소란이 입구 쪽에서 벌어졌다.

중주사협과 그들에게 다가간 장한들이 몇 마디 언쟁을 벌인 후 일제히 달라붙어 싸움에 들어갔다. 누가 먼저라 할 것도 없이 서로를 향해 병장기를 휘둘러 대고 있었다. 아예 사생결단을 내려는 것 같은 싸움이다.

게다가 그것만으로 끝이 아니었다.

와장창!

느닷없이 시작된 싸움과는 별개로 부근에 있던 손님들 사이에서도 사달이 일어났다.

"이 새끼들! 우릴 호구로 보는 거냐!"

"어디서 난리를 피우는 거야! 죽어 볼 테냐!"

"누굴 쳐! 누굴 감히 건드는 거냐구!"

척 봐도 무공과는 전혀 연관이 없어 보이는 일반인이 이성을 잃고 거칠게 소리를 질러 댔다. 서로에게 삿대질을 해대다가 주먹다짐을 하며 또 다른 싸움판을 만들었다. 몇 군데서 그런 일이 발생했다. 마치 악성 감염균이 급속도로 몸 전체에 퍼지는 것과 다름없는 전개다.

"……."

호연작이 황당한 표정을 한 채 입을 벌렸다. 소진엽을 향한 눈빛에는 추궁의 기색이 담겨 있다. 이런 일이 벌어질 걸 미리 알고 있었냐는 물음이다.

으쓱!

소진엽은 어깨만 가볍게 추켜 보였다.

그리고 그 순간 난장판을 넘어 아수라장이 된 천외천의 내부로 일단의 무림인들이 모습을 드러냈다.

차착!

차차차차착!

하나같이 오른쪽 가슴에 천룡(天龍)이란 글자가 아로새겨진 무복을 차려입은 정예 무사들!

바로 무림맹의 무력 부대 중 최강이라 일컬어지는 천룡신무대의 등장이었다. 정예 부대답게 신속히 진을 펼쳐서 급속도로 확산되던 싸움판을 정리했다. 압도적인 무력을 아낌없이 발휘해서 강제 진압했다.

"으악!"

"크아악!"

"으으으윽!"

항주제일의 음식 맛을 자랑하던 천외천 여기저기에서 비참한 신음성이 터져 나왔다.

무공을 익히지 않은 민간인들이 다수 포함되어 있었으나 누구도 감히 부당함을 호소하지 않았다. 자신들에게 불씨가 튀지 않은 것을 다행스럽게 생각하는 듯했다.

그때 주변 정리가 끝난 걸 확인한 천룡신무대 조장이 앞으로 나섰다. 두 손을 모아 올려 포권하는 모습이 당당하기 이를 데 없다.

"본인은 무림맹 천룡신무대의 관호라 합니다."

"맹호일성(猛虎一聲) 관호!"

"역시 무림맹의 천룡신무대가 이번에도 해결을 하는구나!"

여기저기에서 탄성이 터져 나왔다.

이런 일이 근래 항주에서 꽤 자주 일어났음을 짐작케 하는 모습이라 하겠다.

관호가 말했다.

"다들 아시다시피 무림맹의 천무지회를 앞두고 근래 항주에는 여러 가지 문제가 발생하고 있습니다. 그래서 항주 관부와 무림맹은 힘을 합해서 소요 사태에 공동 대처하고 있습니다."

"알고 있소!"

"우리도 잘 알고 있소이다!"

관호가 자신에게 소리치는 사람들에게 다시 포권해 보이고 말을 이었다.

"많은 분들이 알고 계시다니 길게 설명하진 않겠습니다. 오늘 이곳 천외천에서 소요를 일으킨 자들은 모두 무림맹에 압송되어 공명정대하게 조사를 받을 것입니다. 그러니 여러분들께서는 더 이상 염려하지 마시고 일상생활로 복귀해 주십시오."

"우와!"

"우와아아아!"

사람들이 다시 환호성을 발했고, 관호는 휘하 천룡신무대를 지휘해 제압한 자들을 압송했다.

한데 그때였다.

"주황태을!"

"주황태을!"

섬뜩한 주문과 함께 제압당해 있던 인물들 몇 명이 다가드는 천룡신무대를 향해 몸을 던졌다. 두 눈이 섬뜩한 붉은

빛을 발한다.

천사교도 특유의 광신(狂神)의 흔적!

"갈!"

관호가 버럭 일갈을 터뜨리며 수장을 휘둘렀다. 사람들의 혼백을 뒤흔드는 외침과 함께 성명절학인 맹호격공장(猛虎隔空掌)을 발휘한 것이다.

"크악!"

"크아악!"

천사교도들이 비명과 함께 반대편으로 날아갔다. 즉사였다. 무공을 익히지 않은 민간인으로서 일류 고수인 관호의 공격을 감당할 수 없었으리라.

관호가 신중하게 소리쳤다.

"역시 이번 소요에도 천사교도가 배후에 존재하고 있음에 확인되었다! 절대로 방심하지 말고 한 명도 빠짐없이 압송하도록 하라!"

"존명!"

천룡신무대 무사들의 눈빛이 결연해졌다.

강남제일의 사교 천사련!

강남문파연합과 하나가 된 후, 그들은 광신 그 자체라 할 수 있는 천사교도들과 끔찍한 피투성이 싸움을 벌여 왔다. 그동안 동료들의 무수히 많은 죽음을 목도했기에 천사교도가 간여된 사건의 중함을 아주 잘 알고 있었다.

그렇게 점차 정리되어 가기 시작한 천외천 내부!

탁!

문득 호연작이 젓가락을 탁자에 내려놨다.

표정이 살짝 굳어 있다.

"잠시 측간에 다녀와야겠군."

"후후, 또 특유의 오지랖이 발동한 건 아니고?"

"오지랖?"

"무림맹에 끌려간 민간인들이 걱정돼서 몰래 뒤따라가려는 거잖아?"

"쳇!"

호연작이 나직이 혀를 찼다. 소진엽이 한 말이 사실이었기 때문이다.

소진엽이 고개를 저어 보였다.

"천사련에 대해서라면 내가 좀 알고 있어서 하는 말인데, 호 도장이 저들을 따라가서 할 수 있는 건 아무것도 없을 거야."

"그래도 가야겠다면?"

"그럼 어쩔 수 없지."

"엉?"

"그 측간, 나도 같이 가도록 하지."

느닷없이 자리에서 일어선 소진엽의 모습에 호연작이 당황한 표정이 되었다. 의표를 찔린 것이다.

장원록이 말했다.

"그럼 소생도 두 분의 뒤를 따라야겠군요. 역시 이곳 천외천의 음식으로 항주제일을 논할 수는 없을 것 같으니까요."

"원시천존!"

호연작이 도호와 함께 씨익 웃어 보였다. 매우 만족한 표정이다.

소진엽이 한마디를 잊지 않았다.

"그러니 음식값은 호 도장이 내는 걸로 하지."

"그건 너무하잖아!"

"세상 이치가 본래 그런 거야."

소진엽이 호연작의 어깨를 가볍게 두들기고 입구로 향했다. 그러자 장원록이 진중하게 말했다.

"그렇다는군요."

"제기랄!"

호연작이 도사답지 않게 거친 욕설을 토해 냈다.

　　　　*　　　　*　　　　*

천외천을 떠나가는 소진엽 일행을 눈으로 배웅하던 은룡 이십삼호가 어깨를 미세하게 떨어 보였다.

그가 혼자가 되기만을 기다렸으리라.

은밀하고, 익숙한 전음이 귓속으로 파고든다.

[은룡이십삼호, 어째서 자기 위치를 벗어난 것이오?]

[그게…….]

[이건 명백한 근무지 이탈이오. 만약 제대로 된 해명이 없을 시 견책 처분 정도로 적당히 넘어가긴 힘들 것이오.]

[……은룡삼십호! 많이 컸구나. 감히 내게 그런 소리를 지껄이다니!]

[협박으로 상황을 모면하려는 것이오?]

[협박이라…….]

잠시 말끝을 흐린 은룡이십삼호가 빠르게 생각을 정리한 후 전음을 이었다.

[……오늘 내가 따라붙은 자는 거물이다. 여태까지 우리가 상대했던 어떤 자보다 더한 거물. 그러니 내 근무지 이탈은 불가피한 선택이었다.]

[어떤 종류의 거물이란 것이오?]

[그건 아직까지 확정 짓지 못했다. 그래서 상부에 올릴 보고는 잠시 뒤로 미룰 생각이다.]

[상부에 대한 보고 같은 건 개의치 않으셔도 될 거요.]

[그건 무슨 의미지?]

[이미 상부로 은룡이십삼호의 갑작스런 근무지 이탈에 대한 보고가 올라갔다는 뜻이오.]

[은룡삼십삼호를 보낸 건가?]

[그렇소.]

[그럼, 더 이상 이런 무의미한 대화를 나눌 필요는 없겠군.]

[그게 무슨 뜻이오?]

[흥!]

차가운 코웃음만을 남긴 채 은룡이십삼호가 전음을 끝내고 신형을 날렸다.

배수의 진을 쳤다고나 할까?

상부에 근무지 이탈에 대한 보고가 올라간 이상 그에게 남겨진 길은 그리 많지 않았다. 어떻게든 과를 상쇄할 만큼 합당한 공을 세워서 위기를 탈출해야만 했다.

물론 이 점은 은룡삼십호 역시 충분히 짐작하는 바였다.

슉!

어느 때보다 빠른 신법으로 소진엽 일행의 뒤를 쫓아간 은룡이십삼호를 삼십 대 초반의 문사 차림을 한 은룡삼십호가 눈으로 배웅했다.

그와는 본래 형님, 아우 하던 사이.

냉랭하던 대화와 달리 그의 얼굴에는 가벼운 근심이 머물러 있었다. 내심 은룡이십삼호가 공을 세우길 바라고 있었기 때문이었다.

그것도 잠시뿐.

곧 평상시처럼 평범한 표정으로 돌아간 은룡삼십호가 천

외천 쪽으로 걸어갔다. 그곳에서 방금 전에 벌어진 소란에
대한 정확한 정보를 얻기 위함이었다.

*　　　*　　　*

천룡신무대 대주 풍류쾌검객 제갈종호가 거리를 걷다가
눈살을 가볍게 찌푸렸다.

저 멀리 몰려오고 있는 한 떼의 무리!

굳이 안력을 높이지 않아도 알 수 있다. 오늘도 항주부
전역을 순찰하던 천룡신무대 중 일군의 부대원들이 건수를
올렸음을 말이다.

'이번엔 숫자가 좀 많군. 천사련의 간자라도 포함되어 있
었던 것일까?'

그때 그의 곁으로 붉은 경장 차림을 한 보기 드문 단발의
미인이 다가들었다. 근래 그와 함께하는 시간이 부쩍 길어
진 모용유였다.

"제갈 대주님, 왜 갑자기 걸음을 멈추신 건가요?"

"모용 소매, 아무래도 나는 다시 무림맹에 돌아가 봐야
할 것 같군."

"점심 식사는 어떻게 하고요! 오늘은 루외루에 가서 맛있
는 요리를 맛보게 해 준다고 했잖아요!"

"그게……."

잠시 말끝을 흐린 제갈종호가 어색하게 웃어 보였다.

"……급하게 처리할 일이 발생한 것 같아서 오늘 약속은 지키지 못할 것 같아."

"급하게 처리할 일이 뭔데요? 설마 저기 천룡신무대에게 압송되어 오고 있는 죄수들 때문인 건가요?"

"그래."

"너무해요! 이미 제압이 끝난 죄수들 때문에 저와의 약속을 저버리다니!"

모용유가 팽 토라진 표정을 지었다.

두 볼을 빵빵하게 부풀린 모습이 꽤나 귀엽다.

제갈종호의 눈빛이 가볍게 흔들렸다.

본래 그는 항주에서 유명한 바람둥이로 미인에게 무척 약했다. 근래 무림맹의 쌍미로 명성이 자자해진 창천검무대주 수검봉 모용경에게 빠져 있긴 하나 타고난 본성이 바뀐 것은 아니었다. 그녀와는 또 다른 매력이 있는 모용유의 애교 섞인 행동에 마음이 아주 크게 동했다.

그러나 그것도 잠시뿐.

곧 그의 표정이 냉철하게 변했다. 죄수들을 이끌고 오는 오조장 관호가 그를 발견하고 급하게 신형을 날려 오고 있었기 때문이다.

'관호는 조장들 중에서도 신중한 사내다. 그가 저리 황급한 기색이 된 걸 보면 분명 심상치 않은 일이 발생한 것이

분명하다.'

내심 눈을 빛내며 상황 정리를 끝낸 그가 모용유에게 완곡한 표정으로 말했다.

"모용 소매, 오늘 약속을 어긴 건 후일 반드시 곱절로 갚도록 하지."

"아, 정말!"

모용유가 여전히 화를 냈으나 제갈종호는 이미 그녀를 뒤로하고 관호를 향해 신형을 날리고 있었다. 역시 평범한 바람둥이는 아닌 것이리라.

슉! 스슉!

중간에서 마주친 제갈종호와 관호가 거의 동시에 신형을 멈췄다. 관호가 절도 있게 예를 차려 보이자 제갈종호가 거두절미하고 말했다.

"관 조장, 천사교도들의 난동이 있었던 것일 테지?"

"그렇습니다."

"어디지?"

"천외천 음식점 부근이었습니다."

"몇 명이나 섞여 있었지?"

"일단 두세 명가량이었습니다만, 자세한 사항은 추포한 자들을 무림맹에서 집중 추궁해야 알 수 있을 것 같습니다."

"두세 명? 무공을 익힌 자들이었나?"

"그렇진 않았습니다만 분명 골수적인 천사교도였습니다. 특유의 주문을 외우며 사람들을 선동했으니까요."

제갈종호의 얼굴에 실망한 기색이 떠올랐다. 생각했던 것보다 큰일은 아니라 판단 내린 것이다.

"강남에 근래 가장 만연한 게 천사도야. 무공을 익히지 않은 자들이라면 크게 문제 될 게 없으니 주모자를 제외하고 적당히 무죄 방면하도록 해. 천무지회를 앞두고 하루에도 몇 차례씩 소요사태가 벌어지고 있어서 근래 무림맹의 뇌옥에 빈자리가 부족할 정도야."

"속하 역시 그 점 잘 알고 있습니다만, 이번에는 사안이 좀 다른 것 같습니다."

"어떻게 사안이 다르다는 거지?"

"그게…… 무공을 익히진 않았지만 무림인들에게까지 천사교도들의 주문이 영향을 미친 것 같습니다. 중주사협이란 자들이 이번 소요에 끼어 있었는데, 그들은 천사교도가 아닙니다."

"그걸 어찌 자네가 알지?"

"전날 중주 지방에서 천사련 지부를 박살 낼 때 그들의 도움을 받은 적이 있습니다."

"흠."

제갈종호가 침음을 흘리며 손가락으로 턱밑을 쓸어 보았

다. 확실히 이번 일은 그냥 넘어갈 사안이 아니란 생각이 들었다.

"어찌할까요?"

관호의 조심스런 질문에 제갈종호가 답했다.

"모두 무림맹으로 압송해 간다! 내가 직접 총군사님께 보고할 것이다!"

"존명!"

복명한 관호를 이끌고 제갈종호가 뒤에 집결해 있는 천룡신무대 오조를 향해 걸음을 옮겼다.

아무래도 오늘 점심 식사는 늦어질 것 같다.

상황에 따라서 아예 걸러야 할지도 모르겠다.

　　　　＊　　　　＊　　　　＊

'저건······.'

일행과 함께 천외천을 벗어나 관호가 이끄는 천룡신무대의 뒤를 조용히 쫓고 있던 소진엽이 눈에 이채를 담았다.

그의 갑자기 마음을 바꿔 호연작의 오지랖에 가담한 데는 분명한 이유가 있었다. 천외천에서 벌어진 소요 사태 직후, 그의 서서히 확장되어 가고 있던 태극무한신공에 몇 가지 불온한 움직임이 포착된 때문이었다.

물론 아직 확실한 건 아니었다.

불확실성의 영역에 아직 존재하고 있었다.

그래서 그는 일단 움직이기로 했다. 불확실성의 영역에 존재하는 불온한 움직임의 정체를 확실하게 파악하기 위함이었다. 그게 어떤 것이든지 간에.

그런데 갑자기 반가운 얼굴을 발견하게 되었다.

모용유.

그에게 봉황선부를 떠나 무림에 출도한 후 가장 많은 추억을 선사했던 여인. 그리고 은연중 마음 한편에 미안함으로 남은 여인, 창천검무대주 수검봉 모용경. 바로 그녀의 동생과 재회하게 되었다.

그러니 마음속에 만감이 교차하지 않을 리 만무했다.

'……그나저나 남에게 떼를 쓰는 버릇은 여전하군. 책임감 강한 언니하고는 정말 성격이 딴판이야.'

내심 쓰게 웃어 보인 소진엽이 뒤따르던 호연작과 장원록에게 말했다.

"여기서 잠시 헤어지기로 하지."

"왜?"

"개인적으로 처리할 일이 생각났거든."

"갑자기 그런 일이 왜 생각났는데? 아니, 그것보다…….

"그럼."

"……망할!"

호연작이 어느새 자신의 곁을 떠나 한 줄기 바람으로 변한 소진엽을 향해 욕설을 내뱉었다.

운룡정을 떠난 후부터 항상 이렇다.

뭔가 딴생각에 빠져 있다가 제멋대로 떠나간다. 돌아올 때도 마찬가지다. 어째서 계속 동행하고 있는 건지 모르겠다.

한탄과 짜증이 장원록을 향할 수밖에 없다.

"장 도우, 저 인간 예전에도 저랬소?"

"그건 저도 잘 모르겠습니다."

"예전부터 알던 사이라 들었소만?"

"분명 그렇기는 한데……."

잠시 말끝을 흐린 장원록이 천천히 고개를 저어 보였다.

"……이상하게도 소생은 소 대협에 대해 정확하게 기억나는 게 없습니다. 과거 주화입마를 당한 일이 있기 때문인 것 같습니다."

"원시천존! 내가 싫은 기억을 떠올리게 했구만. 미안하게 되었소."

"아닙니다. 어찌 보면 소생에겐 반드시 필요했던 일이었던 것 같으니까요."

"흠."

호연작이 묘한 표정으로 장원록을 바라봤다.

처음 봤을 때와 정말 많이 달라졌다.

아예 다른 사람이라 봐도 무방할 정도다.

'쩝! 그게 다 소진엽, 그 인간의 영향이라 봐도 무방하니 그냥 까기만 하기도 그렇구만…….'

호연작이 내심 입맛을 다셨다. 그 외엔 어찌해 볼 도리가 없었기 때문이다.

툭!

제갈종호와 헤어져 무림맹으로 돌아가던 모용유의 미간에 작은 주름이 생겨났다.

갑자기 날아온 돌멩이 하나.

정확하게 그녀가 나아갈 방향에 떨어졌다. 그것도 바로 걸음을 내딛기 전이다.

만약 무공을 익히지 못한 일반인이었다면 발이 꼬여 자빠지기 딱 알맞았을 상황!

흔들.

모용유는 성광비천신법을 이용해 간단히 신형을 옆으로 이동했다. 또 다른 돌멩이나 암기가 날아든다 해도 괜찮다. 충분할 정도의 간격을 유지했다.

착각이었다.

딱콩!

뒤통수에 제대로 돌멩이를 얻어맞은 모용유의 얼굴이 분노로 일그러졌다.

아프다!

아니, 그건 둘째 치고 짜증이 치솟아 올랐다. 근래 상당히 진보한 성광비천신법을 펼치고도 이런 꼴을 당한 것이 아주 분했다.

휘익!

그녀의 발이 사각을 노리며 회전했다.

특기인 와룡각!

그다음은 천유낙성권의 절초가 사정없이 공간을 종횡한다. 더 이상 당할 수 없다는 오기의 발동이었다.

그러나 그녀는 곧 동작을 멈췄다.

자신 혼자서 생난리를 피우고 있는 상황임을 깨달았기 때문이다.

게다가 그것뿐만이 아니다.

'나한테 장난을 걸었구나!'

그녀의 앞, 어느새 꽤나 익숙한 얼굴 하나가 머물러 있었다. 소진엽이다. 그가 그녀 앞에 쭈그리고 앉아 양손으로 턱을 괴고 있는 것이다.

화악!

모용유의 얼굴이 붉게 물들었다. 흡사 불이라도 붙은 것 같다. 그런 얼굴이 되어 눈앞의 소진엽을 노려봤다.

"당신……."

소진엽이 히죽 웃어 보였다.

"오랜만이야."

"……하!"

기가 막힌 표정이 된 모용유가 도끼눈이 되어 외쳤다.

"잘도 그런 말을 하는군요? 아경 언니한테 그런 짓을 해놓고선!"

"그런 짓?"

"모르는 척하려는 건가요? 아경 언니가 당신 때문에 얼마나 큰 마음고생을 했는데……."

소진엽에게 삿대질을 해 대던 모용유가 갑자기 말끝을 흐렸다. 뭔가 잊고 있었던 일이 떠오른 까닭이었다.

"……아리는요? 아리는 어떻게 됐어요?"

"궁금한가?"

"당연하죠!"

"그럼 나랑 함께 좀 가자."

소진엽이 쭈그린 자세를 풀고 일어섰다. 단숨에 모용유의 눈높이를 훌쩍 넘어가 버린다.

'이 인간…… 이렇게 키가 컸던가? 아니, 그보다 어째서 항주에 나타난 거지?'

스스로 마도인이라 주장한 사내!

언니 모용경의 가슴에 대못을 박고 마교로 떠나갔던 사내!

그동안 무수히 많이 욕했고, 분노했던 소진엽의 갑작스런 등장에 모용유는 마음이 무척 혼란스러웠다. 일시 그를 어찌 대해야 할지 갈피가 잡히지 않았다.

하지만 그는 아무도 신경 쓰지 않았던 막내 동생 모용리와 이어져 있는 유일한 사람이었다. 마지막 봤던 순간까지 그녀를 반드시 찾아오겠다고 호언장담했었다.

문득 병약한 모용리의 순결한 얼굴을 떠올린 모용유가 가벼운 한숨과 함께 말했다.

"하아, 뭐, 좋아요. 일단은 당신과 동행하도록 하죠."

"좋은 생각이야."

"단!"

살짝 목청을 높인 모용유가 소진엽을 향해 손가락 하나를 꼽아 보였다.

"나는 지금 아주 많이 배가 고픈 상태예요!"

"그렇지 않아도 얼마 전부터 배에서 계속 꼬르륵 소리를 내고 있더군."

"무례한 말버릇은 여전하군요!"

"그쪽도 단정한 숙녀는 아닐 텐데?"

"어째서 그렇게 단정 짓는 거죠?"

"뭐, 그건 그렇다 치고, 좋은 식당이라도 알고 있나?"

"루외루!"

"루외루? 삼외 중 한 곳이라는?"

"예전에 항주에 온 적이 있었던 건가요?"

"아쉽게도 초행이야. 하지만 항주 삼외의 쟁쟁한 명성은 들어 봤지. 한 군데는 가 보기도 했고 말야."

"어디죠?"

"천외천."

"후훗, 그럼 지금부터 내가 루외루로 안내하도록 하죠."

"비싼 곳인 것 같군?"

"천외천보다는 비싸죠. 그곳이야말로 항주제일의 요리점
이니까요."

"그렇군."

소진엽이 천천히 고개를 끄덕이곤 모용유에게 한 손을 내
밀며 말했다.

"그럼 앞장서시지요."

"영광인 줄 아세요. 나 같은 미인과 식사를 같이할 기회
는 그리 많지 않으니까."

"푸하핫!"

소진엽의 노골적인 비웃음에 모용유가 살짝 눈을 흘겨 보
였다. 문득 그가 모용경이나 음선 제갈약란 등의 절세미인
과 함께한 시간이 많았음을 떠올린 것이다.

"내가 못생겼다고 생각하는 건가요?"

"전혀."

"그럼 그 웃음의 의미는 뭐죠?"

"미인과 식사를 함께하게 된 남자의 즐거움을 드러낸 웃
음이라고나 할까?"

"흥!"

모용유가 냉소와 함께 빠른 걸음으로 앞서 걸어가기 시작했다.

속이 빤히 들여다보이는 말이다.

평소 같으면 주먹이나 발이 먼저 날아갔을 터였다.

하지만 이상하게도 지금은 그럴 마음이 들지 않았다. 묘하게도 능글맞은 눈앞의 소진엽이 밉지 않았다.

*　　　*　　　*

'루외루인가……'

은룡이십삼호가 심란한 기색이 되었다.

그는 천외천을 떠나서 줄곧 소진엽 일행의 뒤를 은밀하게 뒤쫓다가 루외루까지 이르렀다.

항주를 대표하는 요리점 삼외!

그중 최고로 비싸고, 최고로 맛있고, 최고로 화려한 루외루의 규모는 정말 거대했다. 수십 개가 넘는 고루거각과 인공적으로 조성된 가산, 정원 등으로 꾸며진 내부는 그야말로 미로나 다름없었다. 내부 곳곳을 종업원들이 지키고 서서 길을 안내해 줘야 할 정도였다.

당연히 루외루를 드나드는 사람들의 신분은 하나같이 범상치 않았다. 항주를 대표하는 정·관계의 거물들과 상계의 거상, 무림맹의 고위급 고수들이 수시로 방문하곤 했다. 한마디로 신분이 낮은 일반인들에겐 별천지나 다름없는 장소인 것이다.

'게다가 이곳은 하오문(下午門)의 영역이다. 무림맹 비선 조직의 도움을 전혀 받을 수 없는 장소야.'

곤란하다.

첫 만남 때처럼 소진엽은 은룡이십삼호에게 심각한 고뇌를 안겨 줬다. 그가 가장 껄끄러워하는 장소로 숨어 버린 것이다.

하지만 이미 은룡이십삼호로선 퇴로가 막힌 상황!

잠시 화려한 루외루의 황금색 편액을 올려다보던 은룡이십삼호가 품속의 전낭 무게를 가늠하고 걸음을 옮겼다. 그나마 전날 일 년치 업무추진비를 받아 놓은 게 다행이었다. 그래 봐야 지금 벌이려 하는 일의 착수금으로도 부족할 테지만.

'반드시 공을 세워야 할 이유가 하나 더 생겼다! 만약 아무것도 얻지 못하고 빈손으로 돌아가면 근무지 이탈죄에 횡령죄가 하나 더 추가될 테니까…….'

절로 안색이 굳는다.

결연한 의지가 샘솟았다.

그래도 어깨만은 오연하게 편다. 루외루 안쪽에서 벌써 안내를 담당하는 늘씬하고 아름다운 여인이 걸어오고 있었다. 더 이상의 고뇌는 필요치 않았다.

"처음이신가요?"

"그럴 리가?"

호기롭게 한마디를 던진 은룡이십삼호가 은밀한 표정으로 말했다.

"나는 설중매(雪中每)를 만나길 원한다네."

"설중매라고 하셨나요?"

"그러네."

"……."

잠시 은룡이십삼호를 의미심장하게 바라보던 여인이 그를 한쪽 건물로 안내했다.

저릿! 저릿!

그와 함께 주변에서 일어난 살기에 몸을 가볍게 긴장시킨 채 은룡이십삼호가 여인의 뒤를 따랐다. 그가 알고 있던 것보다 루외루는 훨씬 더 무서운 용담호혈(龍潭虎穴)이었음이 분명하다.

124장

피도 눈물도 없는 마도인!

항주제일의 신비인 설중매!

천하에 아는 이가 몇 없는 루외루의 주인이자 항주 일대 하오문을 장악한 정보계의 거물이다. 그의 정확한 정체에 대해선 무림맹 내 몇 개나 되는 비선 조직조차 밝혀내지 못한 상황이었다.

그런 신비인과 독대를 하게 된 은룡이십삼호는 손에서 땀이 날 정도로 무척 긴장해 있었다.

그의 눈앞에는 하얀 휘장이 쳐져 있었는데, 그 안쪽에 단정하게 앉아 있는 자의 음영이 눈에 들어왔다. 가뜩이나 긴장해 있던 그는 설중매의 것으로 보이는 그 음영이 마치 목

을 죄어 오는 올가미처럼 느껴져 압박감에 질식할 것만 같
았다.

잠시뿐이었다.

특수 임무에 특화된 비선의 조직원답게 곧 은룡이십삼호
는 안정을 회복했다.

"본인은……."

"무림맹 비선 조직 은룡단 소속의 조직원이 어찌 본루를
찾아온 건지 궁금하군요."

'……헉!'

은룡이십삼호가 내심 침음을 삼켰다. 설마 그사이 자신
의 신분을 파악했으리라곤 상상조차 하지 못했기 때문이
다.

그러나 그는 얼른 시선을 밑으로 떨궜다. 당황한 기색을
숨기기 위함이었다. 그리고 말한다.

"과연 항주 하오문을 장악한 설중매다운 안목이십니다.
이미 본인의 신분을 알고 계시다니 돌려 말하지 않겠소이
다."

"그러시지요."

"본인이 루외루를 찾기 얼마 전 손님으로 한 쌍의 남녀
가 들었습니다."

"그중 한 분은 무림맹 소속일 테지요?"

"그렇습니다."

"그러니 내게 귀하가 원하는 건 그 남녀에 대한 염탐인 건가요?"

"그렇습니다."

"단지 그것만은 아닐 것 같은데요?"

"될 수 있으면 그들 중 남성 쪽을 루외루에 거처를 정하게 유도해 주십시오."

"계속 그 남성을 염탐해 달라는 뜻이로군요?"

"그렇습니다. 그건 루외루 측에도 그리 나쁜 조건은 아닐 것입니다."

"무림맹에서 우리 체면을 봐주겠다는 의미로군요?"

"그렇소이다."

"흠."

설중매가 손으로 자신의 뺨을 어루만지며 잠시 시간을 끌었다. 은룡이십삼호의 제안을 고민하는 것 같다.

아니다.

착각이었다.

펄럭!

문득 가벼운 바람과 함께 설중매를 가리고 있던 하얀 휘장이 걷혔다. 한쪽으로 치워졌다.

그리고 설중매의 눈에서 일어난 한 가닥 기광!

"헉!"

은룡이십삼호가 갑작스레 자신의 동공 속으로 파고든 광

채에 입을 가볍게 벌렸다. 답답한 숨결을 토해 냈다.

부르르!

그와 함께 전신에서 일어난 경련!

황급히 어금니 안쪽에 숨겨 놓은 독단을 깨물려던 은룡이십삼호의 표정이 급격하게 무너져 내렸다. 여유 있는 얼굴 한쪽에 팽팽하게 머물러 있던 긴장감이 일거에 날아가 버렸다.

눈의 동공이 풀렸다.

입 역시 마찬가지로 풀렸다. 언제 독단을 깨물고 자진하려 했냐는 듯, 헤 벌어져 바보 같은 꼴이 되었다.

그것도 잠시뿐.

곧 은룡이십삼호의 표정이 평상시대로 돌아왔다. 바보 같은 모습이 사라지고, 예의 빈틈없는 비밀 요원의 모습을 회복했다.

"이, 이게 무슨……."

그때 당황한 기색이 역력한 은룡이십삼호에게, 하얀 천 뒤쪽에 자신의 진면목을 숨긴 설중매가 말했다.

"알겠습니다. 귀하의 의뢰, 받아들이기로 하겠습니다."

"……그래 주시겠소이까?"

"단! 한 가지 조건이 있습니다."

"의뢰비라면 일단 이걸로 처리하겠소이다."

은룡이십삼호가 품속에서 전낭을 꺼내 들었다. 미리 준

비하고 있었긴 하나 마음 한편이 아파 온다.

한데 설중매가 고개를 가볍게 흔들었다.

"그건 넣어 두십시오. 이번 의뢰는 그냥 무림맹과의 우의를 쌓는 의미로 처리해 드릴 생각이니까요."

"그럼 어떤 조건을 원하시는 건지……."

"뭐, 별건 아닙니다. 본래 이쪽 정보계의 규칙대로 후일 무림맹 비선 조직 쪽에서 이번 의뢰와 동급의 일을 처리해 주시면 됩니다."

"……그런 정도라면야 당연히 들어 드려야지요."

"그럼 살펴 돌아가십시오."

말을 마친 설중매가 손뼉을 치자 은룡이십삼호의 뒤쪽에서 조용히 문이 열렸다. 축객령이었다.

은룡이십삼호가 혼란스런 표정과 함께 방을 떠나고 얼마나 지났을까?

하얀색 휘장이 사라진 방 안에 홀로 남은 설중매는 눈살을 가볍게 찌푸리고 있었다.

그가 방금 전 은룡이십삼호에게 펼친 건 오색마심안(五色魔心眼)!

당대제일이라 일컬어지는 천사련의 이혼대법인 천사안조차 뛰어넘는 비술 중 하나다. 그냥 사람의 혼을 빼놓는 정도가 아니라 무의식 상태 속에 암시를 심어서 마음이 내킬 때 특정한 행동을 취하게 하는 게 가능하다. 일종의 시한폭탄을 설치해 놓는 것이다.

당연히 그 같은 비술을 동원해 은룡이십삼호에게 걸어놓은 암시가 평범할 리 만무하다. 아주 무서운 결과를 야기할 포석 중 하나였다. 그 시작과 끝은 오로지 설중매 본인만이 알고 있을 테지만.

따악!

문득 설중매가 손가락을 튀기자 그의 배후로 흐릿한 그림자가 모습을 드러냈다. 그가 오른팔로 삼고 있는 호위대장 명객(冥客)이었다.

"이번 건은 자네가 직접 맡아 줘야겠다."

"그 정도의 가치가 있는 일입니까?"

"무림맹의 비선 중에서도 은룡단은 총군사인 제갈묘재가 직접 관리하는 조직이다. 그런 곳에 속한 특수 정예 요원이 천무지회로 인해 비상이 걸린 현 시국에 독자적인 판단으로 뒤쫓는 자다. 필경 뭔가 재밌는 구석이 있을 거야."

"사흘 내에 낱낱이 파헤쳐 오겠습니다."

"천무지회에 영향을 끼치려는 세력과 관련이 있는지를 중점적으로 파악하도록 해."

"예."

복명과 함께 명객이 다시 모습을 감췄다.

톡! 톡!

설중매가 손가락으로 이마를 몇 차례 두들겼다. 잠깐 흥미를 느낀 일에 대한 처리를 끝냈으니 다시 본래의 업무로 복귀해야 할 때였다.

이제 목전에 다가온 천무지회!

천하를 진동시킬 만한 큰 판이었다. 그리고 그곳에 젓가락을 들이대려는 자들은 한둘이 아니었다. 근래 분주하게 접촉해 오고 있는 온갖 세력 모두를 만족시키고, 시선을 분산시킬 만한 사건은 계속 일어나야만 했다. 그게 바로 그의 주군이 현재 가장 원하고 있는 일일 터였다.

사삭! 사사삭!

그 같은 생각과 함께 설중매가 붓을 들어 방금 전까지 작성하고 있던 계획서의 후반부를 적어 내려갔다. 완성되자마자 항주 내외에 있는 하오문 각 점조직으로 전달될 터였다.

*　　　*　　　*

갸웃!

소진엽이 고개를 옆으로 뉘었다가 입가에 피식 미소를 담았다.

'뭔가 들어설 때부터 묘하게 신경을 건드리는 구석이 있더니, 식사할 장소 하나는 제대로 잡은 듯하군.'

그의 앞에 앉아 새치름한 표정을 짓고 있던 모용유가 입
술을 살짝 내밀어 보였다.

"뭐예요?"

"뭐?"

"어째서 갑자기 기분 나쁘게 웃는 거예요? 또 무슨 흉계
를 꾸미고 있는 건 아닐 테지요!"

"이거 들켰군."

소진엽이 자신의 입을 어색하게 손으로 가려 보이자 모
용유의 표정이 더욱 새치름하게 변했다.

"나랑 장난치려고 하지 마세요! 그럴 생각으로 당신을
따라온 게 아니니까요!"

"미안."

소진엽이 손을 입에서 떼고, 고개를 숙여 보였다. 표정이
어느 때보다 정중해졌다.

그래도 모용유는 표정을 바꾸지 않는다.

"뭐가 미안한 거죠?"

"모두 다."

"그런 식으로 두루뭉술하게 넘어가지 말고, 정확하게 말
하세요!"

"너희에겐 미안하게 되었다. 진심으로."

"……아직도 당신은 마도에 속해 있는 거겠죠?"

"그래."

"달라질 가능성은 없는 건가요? 아니, 그럴 생각이 없나요?"

"아쉽게도."

소진엽의 대답이 떨어진 것과 동시였다.

방문이 열리고 몇 명의 점원들이 십여 가지나 되는 요리를 들고 들어왔다. 이곳이 처음이 아닌 모용유가 시킨 최고로 비싼 요리의 등장이었다.

소진엽이 요리를 눈으로 훑어보곤 말했다.

"이거 양이 너무 많은 거 아닌가?"

"다 먹을 거 아니니까 괜찮아요. 미안하다면서요?"

"······마음 내키는 만큼 더 시키도록 해."

"당연히 그럴 거예요."

모용유가 점원들에게 다시 몇 가지 요리를 더 주문하곤, 옥으로 된 젓가락을 집어 들었다. 그리고 진짜 딱 한 점씩만 요리를 맛보기 시작했다. 정말 얄미울 만큼 익숙하다.

그렇게 한동안 멈췄던 식사가 진행되었다. 두 사람 간의 미묘한 침묵은 그렇게 유지되었다.

그러다 다시 몇 가지 요리가 차려지고 난 직후다.

탁!

갑자기 젓가락을 내려놓은 모용유가 입술을 비단천으로 닦고 말했다.

"뭐, 식사는 이쯤 할까요?"

"새로 들어온 요리에 손도 대지 않았는데……."

"내가 돼지가 되길 바라는 건가요?"

"……."

"정 아까우면 지금까지처럼 당신이 처리하세요. 정말 돼지같이 잘 먹는군요."

"생각보다 맛있어서……."

소진엽이 새로 차려진 요리 쪽에 젓가락을 가져가다 잠시 움찔한 기색이 되었다. 모용유의 눈초리가 조금 더 차갑게 변한 까닭이다.

"……오물오물."

그래도 굴함 따윈 없다.

소진엽은 젓가락으로 집어든 요리를 꼼꼼하게 씹어 먹었다. 평생 처음으로 먹어 보는 진미다. 생각 이상으로 맛있어서 절대로 포기하고 싶지 않았다.

탁!

모용유가 이번에는 손바닥으로 탁자를 때렸다. 입술이 잔뜩 튀어나와 있다. 이젠 대놓고 화를 낸다.

"그만 먹어요!"

"그러지."

소진엽이 그제야 젓가락을 내려놨다. 얼굴에 가벼운 아쉬움이 묻어난다.

모용유가 한숨을 내쉬었다.

"하아, 이런 사람의 어디가 그렇게 좋다는 건지……."

"그러게. 내가 보기보다는 숨겨진 매력이 좀 많은 걸지도 모르겠어."

"……시끄러워요!"

탁! 탁! 탁!

연달아 탁자를 손바닥으로 내려친 모용유가 노기 어린 표정으로 말했다.

"그래서 아리는 어찌 된 거예요? 아리는 무사한 거겠죠? 만약 그렇지 않다면 반드시 당신을 죽여 버리고 말 거예요!"

"아리는 무사하다."

"아!"

모용유가 언제 화를 냈냐는 듯 나직한 탄성과 함께 두 손으로 얼굴을 가렸다. 나직한 흐느낌과 함께 참고 있던 눈물이 샘솟듯 쏟아진다.

"으흑! 으흐흐흐흑!"

"……."

소진엽은 묵묵히 그런 모용유를 바라보고 있었다.

모용가의 세 자매 중 가장 성격이 강해 보이는 둘째 모용유.

하지만 보다시피 그녀는 전형적인 외강내유(外剛內柔)의 성품을 지니고 있었다. 자매들 모두를 항상 걱정하는 어느 누구보다 가냘프고 착한 성품인 것이다.

'그래서 내 계획에 끌어들이긴 미안하지만⋯⋯.'

내심 눈살을 찌푸려 보인 소진엽이 진지한 표정이 되어 말했다.

"하지만 아리는 여전히 위험한 상태야. 그래서 네 도움이 필요하다."

"무, 무슨 도움이 필요하다는 거죠? 아니, 그보다 아리가 어째서 위험한 상태라는 거예요?"

"아리는 여전히 신마성궁에 억류되어 있다. 나는 마도인이 되어 그 아이를 구하려 마교의 심부까지 침입했지만 구출해 내는 데는 실패했다."

"그럼 당신이 마도인이 된 건 아리를 구해 내기 위함이었던 건가요?"

"그래, 그 방법 외에 마교의 중심부인 신마성궁에 침입할 방도가 내겐 없었다."

"그, 그랬었구나!"

모용유가 퉁퉁 부어오른 눈가를 소매로 훔치며 고개를 몇 번이나 끄덕여 보였다. 소진엽이 한 말을 한 점의 의혹도 없이 믿는 눈치다. 마치 그렇게 정해진 것처럼 말이다.

물론 이건 그녀가 소진엽을 아주 많이 신뢰하거나, 남의 말을 곧이곧대로 믿는 천진난만한 성품이어서가 아니다.

오히려 반대였다.

평소의 그녀는 소진엽에게 많은 의구심을 품었고, 천진난만하지도 않았다.

그런데도 이런 태도가 된 건 어디까지나 태극무한신공의 공효였다. 근래 들어 크게 강화된 태극무한신공의 기운이 자연스럽게 언령지법과 하나가 되어 강력한 친화력과 설득력으로 작용하게 된 것이다.

잠깐 사이에 표정이 한결 환해진 모용유가 말했다.

"내가 뭘 도와주면 되는 거죠?"

"쉽지는 않은 일이다."

"괜찮아요! 아리를 위해서라면 무슨 일이든 하겠어요!"

"고맙다."

소진엽이 고소와 함께 고개를 끄덕여 보였다.

어쩔 수 없는 일이긴 하나 모용유를 이런 식으로 이용하고 싶진 않았다. 구양령의 목숨이 달린 일이긴 하나 마음 한구석이 편치 않았다.

'하지만 내겐 무림맹에 자연스럽게 침투할 길이 필요하다. 그동안 파악한 바에 의하면 황천비영은 현재 무림맹과 천사련 양쪽 수뇌부에 깊숙이 관여하고 있음이 분명하니까.'

내심의 중얼거림과 함께였다.

티잉! 티잉!

소진엽이 은연중 소매 속의 손가락을 가리곤 몇 차례 가볍게 탄지했다. 슬슬 주변에 모여든 날파리들을 제거할 때가 되었다는 판단이었다.

*   *   *

'흐음.'

소진엽과 모용경이 들어간 국화원 쪽의 상방을 지켜보고 있던 명객이 눈살을 가볍게 찌푸려 보였다.

루외루주인 설중매의 심복!

그 이전에 그는 과거 하북성(河北省)을 중심으로 암약하던 최고의 자객집단인 명부귀살(冥府鬼殺)의 최고 살수였다. 십여 년간의 강호 활동 기간 동안 백여 차례의 살행을 성공시키다 오 년 전 설중매의 수하가 되었다.

당연히 루외루에는 그의 수하인 명부귀살 살수가 수두룩했다. 족히 백여 명이 넘게 숨어서 명령만을 기다리고 있었다.

한데 방금 전 십여 명의 흔적이 지워졌다.

죽었나? 살았나?

현재로선 알 길이 없다.

명객만이 파악하고 있는 명부귀살 살수들의 기세가 사라졌다. 얼마 전 국화원 쪽에 보낸 자들 모두가 동시에 말이다.

'더욱 놀라운 점은 그들이 은신해 있는 장소가 각기 다르다는 것이다. 과연 그런 일이 가능한 자가 존재할 수 있단 말인가?'

설중매? 아니다!

그가 모시는 설중매라 해도 이런 능력은 없을 터였다. 그만한 자신감이 명객에겐 존재했다.

그래서 그는 오판을 했다. 자신의 눈으로 직접 명부귀살의 현 상황을 파악하기 위해 움직인 것이다. 다른 수하들조차 대동하지 않고서 말이다.

슥!

일순 흐릿한 귀영으로 화한 명객이 국화원 방향으로 움직였다.

백여 차례의 살행을 성공시킨 대살수!

이미 과거의 일이었다.

오 년이란 공백은 생각보다 큰 허점을 드러내고 있었다.

*　　　*　　　*

'역시 개를 때리면 주인이 오는 법! 이번에는 좀 그럴듯한 자가 왔군!'

소진엽이 내심 차가운 미소를 지어 보이곤 모용유에게 말했다.

"잠시 실례하도록 하지."

"무슨 일이죠?"

소진엽이 자신의 아랫배를 툭툭 쳐 보였다. 짓궂은 미소 역시 잊지 않는다.

"나 역시 돼지는 아니라서 말야. 평소보다 많이 들어가니까 앞다퉈서 튀어나오려 하는군."

"이런 무례한!"

"하하, 미안하게 됐군. 지루하더라도 좀 참도록."

"누가 지루하다는 거예요! 어서 꺼져 버려요!"

언제 눈물을 흘렸냐는 듯 모용유가 소진엽에게 화를 내면서 젓가락을 집어 던졌다.

휙!

손가락 두 개를 뻗어서 젓가락을 낚아챈 소진엽이 한 차례 손을 흔들어 보이곤 방을 빠져나갔다. 어느 모로 보든 볼일을 보기 위해 측간에 가는 사람과는 거리가 먼 모습이었다.

"무뢰배!"

모용유가 치를 떨며 소리쳤다.

풀썩!

국화원을 벗어나자마자 소진엽은 안내를 위해 길목 앞에 서 있던 미모의 여인을 혼절시켰다.

이유는 부근에 은신해 있던 살수들을 처리했을 때와 동일하다. 그를 중심으로 확장된 태극무한신공은 주변의 모든 불온한 기운을 하나도 빠짐없이 포착하고 있었다. 굳이 지금부터 하려는 일의 목격자를 남겨 둘 이유는 없었다.

'역시 제법인걸? 그 짧은 새에 이렇게 가까운 곳까지 다가들었으니 말야. 하지만 괜찮은 실력만큼 자만심이 심하군.'

짧은 뇌까림과 함께였다.

스파앗!

소진엽이 단천뢰심강을 일으켜 아무렇게나 공간을 휘저어 보았다.

사각!

더 정확히 말하자면 뒷덜미로부터 삼 보가량 떨어져 있는 방위로 번갯불이 떨어져 내렸다. 소진엽의 손을 떠난 단천뢰심강이 기괴한 방향으로 굴절된 결과였다.

그러나 단천뢰심강 특유의 폭음은 없었다. 그냥 한 가닥 섬광만이 공간을 가로질렀다.

"……."

그래서인지 뒤로 휘청거리며 물러나는 명객에게서도 신음은 흘러나오지 않았다. 완전히 예상을 벗어난 방위에서 떨어져 내린 단천뢰심강의 직격을 대살수 특유의 생존본능 덕분에 아슬아슬하게 피해 낸 것이다.

물론 완전하진 못했다.

후들! 후들!

명객의 신형은 끊임없이 미세한 떨림을 보였다. 천공의 뇌전을 피해 내긴 했으나 내상까지 피할 순 없었다. 단지 스친 것만으로 내부의 장기가 상하고, 피가 끓어올랐다. 순식간에 오성가량의 내력을 손실했다.

소진엽이 눈에 이채를 발했다.

"예상보다 더 강하군."

"……."

"게다가 강골(强骨)이야. 마음에 드는데, 나한테 전향하는 게 어때?"

"……."

"그렇게 보지 마. 나 이래 봬도 돈 많아."

소진엽이 전낭이 담긴 가슴팍을 툭툭 두드려 보였다. 기루에서 호기를 부리는 졸부 같은 모습이다. 살벌한 현 상황과는 당최 어울리지 않는다.

그러나 명객은 묘하게도 마음이 동했다. 흔들렸다.

"날 사겠다는 거요?"

"너만이 아니지."

"그럼……."

"딸린 식구가 상당하잖아. 한 백 명쯤 되나?"

"……그, 그런 걸 어떻게?"

"내가 몽땅 사도록 하지. 그에 대한 대가는 여태까지의 세 배. 기한은 천무지회 기간 동안까지만."

"……."

잠시 침묵하던 명객이 묘한 시선으로 소진엽을 바라봤다.

"내게 거절할 권한이 있는 것이오?"

"있어. 사람에겐 누구나 자신의 생사를 결정할 권한이 있으니까."

"당신은 방금 전 내 동생들을 죽였소."

"걔들 아직 살아 있어. 하지만 네 대답 여하에 따라 명년 오늘이 단체로 제삿날이 될 수도 있겠지. 나는 사실 피도 눈물도 없는 마도인이거든."

"마도인이라……."

묘한 감정이 담긴 중얼거림과 동시였다.

스파앗!

명객이 자신의 신형을 십여 개로 분신시키며 소진엽에게 파고들었다. 그와 함께 백여 번의 살행을 성공시킨 애병 삼첨묵검(三尖墨劍) 역시 검은 빛살로 변했다.

목표는 단 하나!

바로 소진엽의 미간 사이였다.

그의 최고 살초, 미간살흔(眉間殺痕)이다.

최고, 최후의 살초에 그는 자신의 명운을 걸었다. 또한 생사를 함께하는 명부귀살 살수 전체의 명운 역시 걸었다.

하지만 막 그의 삼첨묵검이 소진엽의 미간 사이로 파고들기 직전이었다.

슥!

마지막 순간, 단 한 걸음을 이동해 명객과의 간격을 극단적으로 좁힌 소진엽의 장권이 폭발했다.

아래에서 위로!

단순하고 절도 있게 변화한 손바닥이 명객의 턱을 가볍게 쳐올렸다. 머리를 한 차례 흔들리게 해 인위적인 뇌진탕을 만들어 낸 것이다.

풀썩!

명객이 바닥에 무릎을 꿇은 채 주저앉았다. 삼첨묵검 역시 바닥에 축 늘어졌다.

소진엽이 차갑게 말했다.

"살수답게 죽고 싶었던 건가? 하지만 앞서 말했던 것처럼 나는 피도 눈물도 없는 마도인이라서 말야. 자네같이 마음에 드는 자를 죽일 생각은 없어."

"나, 나를 어찌할 생각인 것이오?"

"글쎄, 어떻게 할까? 이혼대법이라도 펼쳐서 확 내 말만 듣는 꼭두각시로 만들까?"

"내게 그런 짓을 할 수 있는 자는 천하에 존재하지 않소!"

"상당한 자신감이로군? 뭐, 예전에 천사련의 사교도와 싸워 본 적이라도 있는 것이겠지. 그런 표정 짓지 마. 나는 마도인이지 천사련의 사교도는 아니니까 말야."

"당신은……."

"더 이상 말하지 마. 내상 덧나니까."

그 말과 함께였다.

파팟! 팟!

순간 태극무한신공의 기운을 양손바닥에 응축시킨 소진엽이 명객의 명문혈과 단전을 동시에 두드렸다. 단천뢰심강으로 인한 내상을 회복시키기 위함이었다.

얼마나 시간이 지났을까?

슥!

운기행공에 열중하고 있던 명객이 문득 눈을 뜨더니, 표홀하게 신형을 일으켜 세웠다. 자신의 내상을 단숨에 회복시킨 소진엽을 바라보는 시선이 복잡하다.

그럴 수밖에 없다.

방금 전 그의 내상을 치료한 소진엽의 태극무한신공의 위력은 진실로 대단했다. 단천뢰심강에 상했던 장부를 고치고, 뜨겁게 덥혀졌던 피를 식혔으며, 정체되어 있던 기혈 역시 단숨에 뚫어냈다.

흡사 절세의 영약이라도 복용한 것 같은 공효!

죽음 중에서 삶을 구한 격인지라 명객은 마음이 혼란스럽지 않을 수 없었다. 눈앞의 소진엽을 앞으로 어찌 대해야 할지 감조차 잡기 어려웠기 때문이다.

소진엽이 그의 고민을 해결해 줬다.

"내 제안은 여전히 유효해. 살수답게 죽고 싶은 자네의 마음 역시 여전히 유효한 건가?"

"……그렇진 않소."

"다행이군. 헛힘을 쓴 게 아니니 말야. 그럼 곧바로 본론으로 들어가지. 앞서 말했던 대로 나는 천무지회가 끝날 때까지 항주에 머물 거야. 그사이 필요한 일이 있으면 부를 테니까 쓸 만한 놈 한 명을 내게 붙여 놔."

"날 믿는 거요?"

"설마? 방금 전에 자네는 내게 암수(暗手)를 당했어. 만약 내가 마음만 먹는다면 자네는 당장 칠공에서 피를 쏟으며 죽게 될 거야."

"……."

"그런 표정 짓지 마. 농담이니까."

"어째서 날 믿는 거요?"

"안 믿어. 나는 자네가 아니라 날 믿는 거야."

"터무니없는 자신감이로군."

"설마? 자네와 달리 내 자신감은 귀여운 수준이야. 그게 더 어울리지 않나?"

"······."

잠시 소진엽을 어처구니없다는 듯 바라보던 명객이 한숨과 함께 신형을 돌려세웠다.

"사람을 붙이겠소. 그리고 한동안 루외루에 묵도록 하시오."

"여기 비싸지 않나?"

"돈이 많다고 들었소만?"

"방금 전에 왕창 써 버려서 말이지."

"숙박비를 받진 않을 테니, 그런 염려는 하지 마시오."

"좋군."

소진엽이 흡사 녹아내리듯 눈앞에서 사라진 명객이 남긴 잔영을 향해 나직하게 중얼거렸다.

*　　　*　　　*

"늦었어!"

방 안에 들어서자마자 화를 내는 모용유를 향해 소진엽이 히죽 웃어 보였다.

"오랜만에 기름기를 너무 많이 섭취했는지 중간에 끊고 나오기가 힘들더군."

"으악!"

모용유가 비명과 함께 자신의 귀를 양손으로 막았다. 혹

떼려다가 혹 붙인 격이 되었다는 표정이다.

소진엽의 미소가 더욱 짙어졌다.

"이만 일어나도록 할까?"

"차는 안 마시고?"

"차는 산외산으로 가서 마시도록 하지. 오늘 하루 동안 향주 삼외를 모두 둘러보기로 마음먹었거든."

"오호? 그동안 돈깨나 번 모양이네?"

"마도인씩이나 되었는데 돈도 못 벌면 곤란하잖아?"

"설마 산적질이라도 한 거야?"

"그런 정도로 그쳤을까? 살인, 방화, 약탈을 기본으로 아주 다양한 나쁜 짓들을……."

"그만! 그만!"

다시 귀를 양손으로 막으며 질색을 하는 모용유에게 소진엽이 고개를 까닥여 보였다.

"……창천검무대주를 하면서 받은 은자가 꽤 많아. 그동안 거의 쓰지 않아서 제법 많이 남았지."

"그럼 나쁜 짓은 하지 않은 거야?"

"최소한 산적질은 하지 않았지. 돈이 떨어지면 앞으론 어찌 될지 모르겠지만."

"오늘 밥값은 내가 내겠어!"

"그럴 필요는 없을 것 같은데?"

"왜?"

"어느 마음씨 착한 사람이 밥값을 미리 내줬거든."

"항주에 아는 사람이 있었어?"

"다행히도."

소진엽이 다시 고개를 까닥여 보이곤 방을 빠져나갔다. 모용유가 눈을 깜빡이다 황급히 그의 뒤를 따랐다.

*   *   *

루외루의 무수히 많은 고루거각의 하나.

아름다운 봉황이 하늘을 향해 날개를 활짝 펼치고 있는 처마 위에 한 명의 미중년인이 모습을 드러냈다. 바로 얼마 전부터 소진엽과의 접속을 일체 끊고 있는 담대광이었다.

이유는 자명하다.

갑자기 태극무한신공의 신천지에 들어선 소진엽과 그는 그야말로 상극이나 다름없었다. 아예 근본 자체가 달랐다. 어떤 식으로든 함께할 수 없는 양극단이라 할 수 있었다.

하물며 현재 담대광이란 존재는 그야말로 천리(天理)를 거스르는 존재!

천리의 궁극, 그 자체를 추구하는 태극무한신공과 함께 할 수 없음은 지극히 당연했다. 만약 담대광이 이룬 무의 영역이 소진엽을 월등히 능가한 상태가 아니었다면 당장 두 사람의 관계는 종지부를 찍고 말았을 터였다. 접속을 못하는 정도가 아니라 아예 극단적인 반발로 인해 서로가 서로를 해하는 지경에 이르렀을 거란 뜻이다.

그래서 담대광은 근래 들어 소진엽과의 접속을 감히 시도조차 못하고 있었다. 지금처럼 그냥 뒤를 따르면서 태극무한신공의 빈틈을 파고들 기회만을 노리고 있을 따름이었다.

'한 번이면 된다. 한 번만 진엽이 녀석과 접속할 수 있으면 지존천강력과 지존성마기를 되살려서 태극무한신공을 중화시키거나 봉인할 수 있어. 그런데 진엽이 녀석의 태극무한신공이 나날이 진보하고 있으니, 당최 곁으로 다가갈 수 없구나. 젠장할!'

멀어져 가는 소진엽의 뒷모습을 바라보며 담대광이 내심 욕설을 내뱉었다. 부친 태극무검선제가 남긴 태극무한신공에 이런 숨겨진 공효가 있을 줄이야. 그로서도 상상조차 못했던 전개였다. 대좌절이었다.

그러나 담대광이 달리 파격의 대마신이라 불리는 게 아니다.

곧 표정을 평상시대로 일신한 그가 관심을 소진엽에게서 다른 쪽으로 돌렸다.

루외루!

소진엽의 뒤를 쫓다가 우연찮게 도착한 이곳은 꽤나 이상했다. 천하의 모든 불온한 것들의 주인이라 할 수 있는 담대광조차 이해할 수 없는 기묘한 사기가 주변을 감싸고 있었다. 딱히 위협적인 건 아닌데 묘하게도 신경을 거슬리게 했다. 그의 평생을 되짚어 봐도 몇 번 없었던 경험이라 할 수 있겠다.

'흥! 그러니 일단 이곳의 주인 녀석에게 가서 무슨 짓을 하는지 좀 알아봐야겠군. 어쩌면 천사련주나 황천비영주와 관계가 있는 놈일지도 모르니까 말야.'

담대광에게 있어 천사련주나 황천비영주는 어찌 보면 멸천마후 천기신혜에 버금갈 만큼 원한이 쌓인 인물들이었다. 평생 겪어 보지 못했던 좌절을 안겨 준 당사자들이었기 때문이다.

당연히 담대광에게 있어 그들은 나름대로 특별했다.

평범한 복수를 원하지 않았다.

기억에 남을 만큼 특별한 방법으로 그들을 끝장낼 심산이었다. 일반적이지 않고, 적당하지 않고, 기발한 방법을 모조리 동원해서 말이다.

그래서 그는 항주로 향하며 천사련주나 황천비영주에게 아주 많은 시간을 할애했다. 현재 천사련이 정파 무림맹과 결전을 앞두고 있고, 황천비영 역시 그 사이에 깊숙이 얽혀 있는 게 분명한 만큼 관심을 끊기 어려웠다.

머릿속에서 악랄하고, 비열하며, 끔찍한 방법이 계속 샘솟아 올라왔다. 천기신혜를 상대할 때와 달리 감정적인 부채가 없는 만큼 마도인다운 창의적인 복수를 아주 세심하게 계획할 수 있었다.

히죽!

그런 까닭으로 입가에 잔혹한 미소를 드러낸 담대광이 천천히 신형을 공중으로 띄워 올렸다.

어느새 한참이나 멀어진 소진엽!

관심 밖이다.

더 이상 신경조차 쓰이지 않는다. 새로운 먹잇감이 나타났기 때문이다.

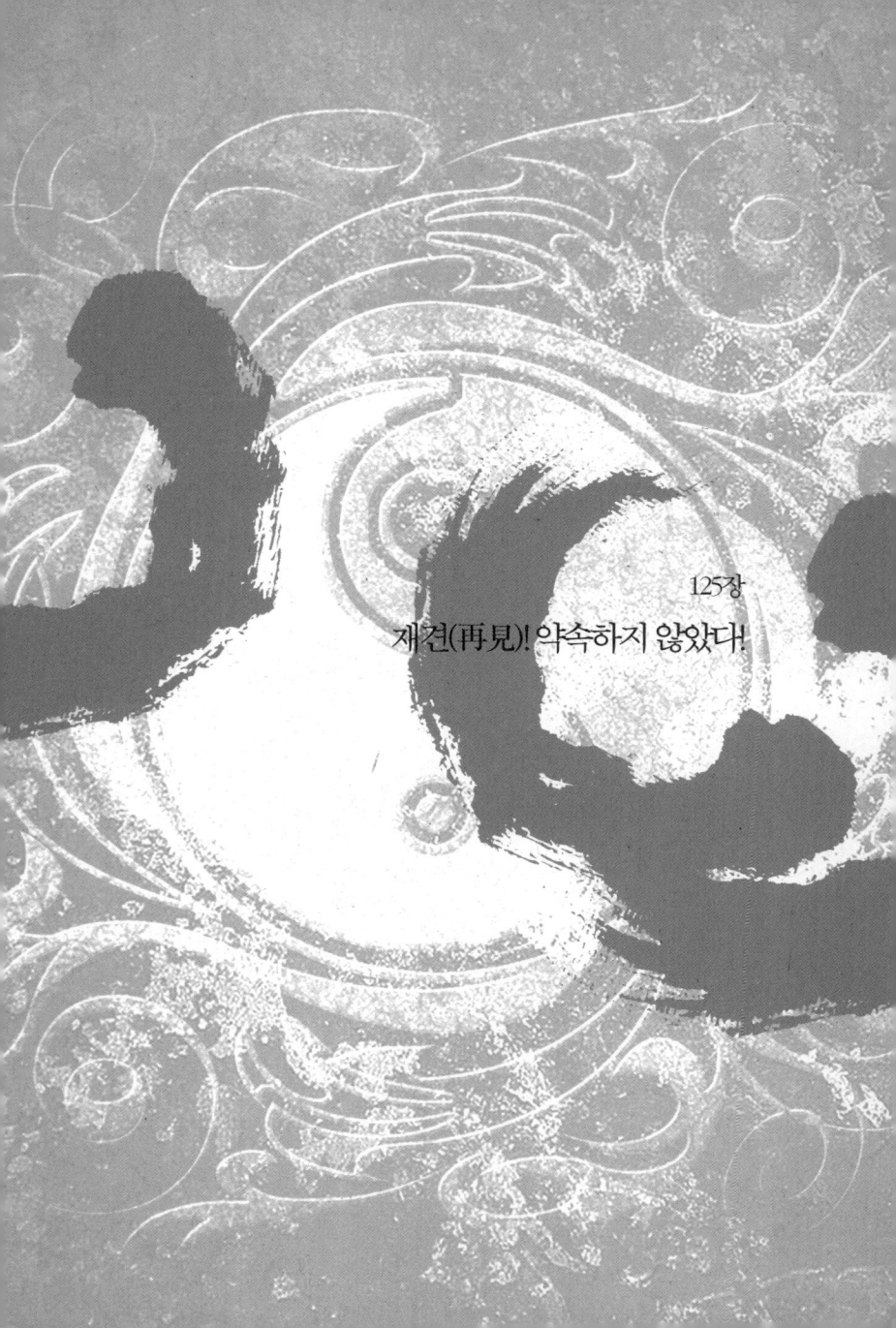

125장

재견(再見)! 약속하지 않았다!

무림맹.

거의 이백 년이 넘어가는 세월 동안 정파 무림을 지탱해 온 거룡(巨龍)의 대지.

그곳에 지어진 수십 개가 넘는 고루거각 중 군사전.

세인들로부터 현재 실질적인 무림맹의 중심이라 일컬어지고 있는 총군사 제갈묘재의 집무실에 오후 늦게 손님이 찾아들었다. 근래 은근히 사이를 벌리고 있던 음선 제갈우란이었다.

사락!

집무실 문이 열리자 서류 더미로부터 시선을 떼어 낸 제갈묘재가 입가에 가벼운 미소를 매달았다.

"허허, 얼굴 한번 보기 힘들구나."

"절 찾으셨다고요?"

"네가 찾지 않으니 부를 수밖에."

집무실 문을 닫고 안으로 들어선 제갈약란이 제갈묘재 앞에 앉았다. 여전한 절세의 미모에 그림같이 아름다운 자태이나 전반적으로 수척해 보인다. 무산을 떠나 무림맹에 온 이후 천사련과의 싸움에 항상 앞장서 온 까닭이리라.

그래서였을까?

세상에서 가장 가까운 혈육을 대하는 그의 얼굴에 은은한 안타까움이 스쳐 갔다.

"근래 보내 준 몇 가지 영약을 어째서 복용하지 않았더냐? 네 손상된 기력을 회복하기 위해 내 어렵게 구한 것들인 것을."

"천사련과의 계속되는 싸움으로 부상자가 넘치는 상황입니다. 그 같은 구명성약을 헛되이 낭비할 순 없는 일이지요."

"쓸데없는 소릴! 근자엔 무림맹이 있는 항주까지 천사련 사교도들이 난동을 부리고 있는 상황이니라. 그런 상황에서 네 음공의 존재는 절대적이니, 다른 부상자 따윌 걱정할 때가 아닐 것이야."

"……."

대답하지 않는 제갈약란의 모습에 제갈묘재가 눈살을 가볍게 찌푸려 보였다.

맑고 고운 옥용!

그러나 마음속에는 한 명의 고집 센 여인이 들어앉아 있다. 가문과 척을 지고 평생을 자기희생으로 점철된 길을 걸어온 외골수의 성녀가 말이다.

'차라리 소문대로 늦게나마 마음에 드는 사내를 만난 게 맞으면 좋으련만…….'

내심 고개를 저어 보인 제갈묘재가 표정을 일신했다. 한가로운 담소를 끝냈으니, 이제 본격적으로 목적을 밝힐 때였다.

"그래, 아직도 천무지회에 대한 생각은 변함이 없는 것이더냐?"

"예."

"천무지회가 끝나면 정파 무림은 완전히 새롭게 재편된다. 그걸 알고 하는 말일 테지?"

"물론입니다."

"그럼 어쩔 수 없구나."

"……."

제갈약란이 눈에 가벼운 이채를 담고 제갈묘재를 바라봤다. 그가 이렇게 선선히 자신의 뜻을 받아 주는 것에 의혹을 느낀 것이다.

그러자 제갈묘재가 갑자기 뭔가 생각난 듯 화제를 바꿨다. 다분히 의도적으로 목소리를 높였음은 물론이다.

"아! 그리고 보니 수일 전 모용가의 여식인 수검봉이 이끄는 창천검무대가 복귀했다지?"

"그렇다고 하더군요."

"근데 근자에 재밌는 얘기가 돌던데 너도 들었느냐?"

"……."

제갈약란의 얼굴에 가벼운 흔들림이 보였다. 그러자 제갈묘재가 미미하게 고개를 끄덕여 보였다.

"표정을 보니 들은 바 있는가 보구나. 전 창천검무대주였던 진운룡이 근래 마교에 나타난 신마무적성이란 소문을 말야."

"확실치 않은 소문입니다."

"맞아. 확실치 않은 소문이야. 하지만 그냥 넘어갈 수도 없는 소문이지 않겠느냐?"

"어찌하시려는 겁니까?"

"내가 무슨 능력이 있어 어찌할 수 있겠느냐? 모든 건 이번 천무지회에서 뽑힌 신임 맹주가 처리할 사항일 테지. 자칫 정파의 분열을 야기할 수도 있는 문제니까 말야."

"……."

"그러니 어찌하겠느냐? 독선적인 검왕이나 정체가 모호한 무당 장문에게 모든 걸 맡기려느냐? 어쩌면 이로써 강

남의 떠오르는 별이라 불리던 진운룡은 무림공적(武林公敵)
이 될 수도 있을 터인 즉!"

"……잠시 생각할 시간을 주십시오."

"그리 길게는 안 된다. 곧 천무지회의 예비 심사가 시작
될 터이니 말야."

"하룻밤이면 족합니다."

"하룻밤이라……."

말끝을 잠시 흐려 보인 제갈묘재가 흡족한 표정으로 고
개를 끄덕여 보였다. 오랜 탐문 끝에 얻은 제갈약란의 약점
이 효력을 발휘한 것에 만족한 것이다.

"……알겠다. 내일 좋은 답이 돌아올 거라 믿고 있겠
다."

"그럼 이만 물러가겠습니다."

"그래, 좋은 밤 되거라."

제갈묘재의 웃음기 어린 배웅에 제갈약란이 고개를 가볍
게 숙여 보이고 신형을 돌려세웠다. 여전히 그림같이 아름
다운 모습이나 발걸음이 무겁다. 가슴에 얹힌 커다란 돌멩
이의 무게에 짓눌린 까닭이었다.

하얀 달빛.

여전히 차가운 밤바람에 가냘픈 몸을 내맡긴 채 걸음을
옮기던 제갈약란이 문득 걸음을 멈췄다.

차가운 대기를 더욱 차게 하는 달빛.

그로 인해 만들어진 자신의 그림자를 향해 다가드는 섬
세한 인영의 움직임이 감지되었다. 빠르고 영활한 신법이
다. 적어도 절정 이상의 무위를 지녔음을 알겠다.

'희한한 일이로구나. 그동안 그녀는 줄곧 날 멀리하고
있었거늘…….'

통곡의 밤, 그 이후부터였다.

자신의 속내를 있는 그대로 드러낸 채 제갈약란의 품에
서 흐느껴 운 후부터 모용경의 발길이 뜸해졌다. 의도적으
로 제갈약란과 동선이 겹치는 것을 피하고 있었다. 다시 얼
굴을 맞대고 싶지 않았던 것임이 분명했다.

그런데 갑자기 모습을 드러냈다.

우연일 리 만무하다.

슥!

완숙해진 성광비천신법을 이용해 제갈약란 앞에 표표히
떨어져 내린 모용경이 정중하게 군례를 취했다. 계속 전장
을 돌아다닌 탓에 그 모습이 지극히 잘 어울린다.

"후배 모용경이 음선 선배님을 뵈옵니다."

"반가워요. 그동안 무공이 더욱 진보했군요?"

"과찬의 말씀이십니다."

"그런데 무슨 일로 날 찾아온 건가요? 날 찾아온 게 맞
겠지요?"

조심스러워졌음이리라.

확신을 한 것과 달리 제갈약란은 은근한 표정으로 모용경의 의중을 물었다. 그녀의 상처가 아직 아물지 않았을 거라 확신하고 있었기 때문이다.

모용경의 옥용에 감사의 기색이 떠올랐다.

그녀는 강남제일의 후기지수를 다툴 정도로 총명하다. 제갈약란의 배려를 눈치채지 못할 리 만무했다.

"음선 선배님의 거처인 천약당을 찾아갔다가 총군사님을 뵈러 가셨다는 말을 들었습니다."

"그렇군요."

제갈약란이 천천히 고개를 끄덕여 보이곤 모용경에게 다정한 눈빛을 던졌다. 흡사 장성한 딸을 바라보는 어머니 같은 표정과 함께였다.

"우리 잠시 함께 걸을까요?"

"예."

모용경이 대답과 함께 낯을 가볍게 붉혔다.

'진짜 이상한 일이로구나. 어머님한테도 느껴 본 적이 없던 감정을 음선 선배님한테 느끼다니……'

안정감이라 할까?

외양만으로만 보자면 나이 차이가 많지 않은 언니 같은 제갈약란에게서 모용경은 기묘한 포근함을 느꼈다. 자신을 향한 그녀의 따뜻한 눈빛과 부드러운 기운에 전신이 나른

하게 풀어지고 있었다. 전장에서 다져진 단단한 무장이 빠른 속도로 해제되어 가는 것이다.

그렇게 한 쌍의 미인도 같은 두 여인은 한동안 무림맹의 너른 정원을 걸어갔다. 한동안 별다른 대화는 오가지 않았다. 그냥 침묵 속에 걸음을 옮길 뿐이었다.

그러다 하얀 달빛이 잠시 구름 속에 가려졌을 때였다.

멈칫!

문득 걸음을 멈춘 제갈약란이 모용경에게 말했다.

"이쯤이 좋겠네요."

"음선 선배님……."

"이제 주변이 조용해졌으니 날 찾아온 이유를 말해도 된다는 뜻이에요."

"……아!"

모용경이 나직이 탄성을 발했다. 비로소 제갈약란이 여태까지 침묵을 일관하고 있었던 이유를 눈치챈 까닭이었다. 그래서 그녀를 바라보는 표정 역시 바뀐다.

"후배, 이번 천무지회에 참가할까 합니다."

"무림맹의 모든 무력 부대를 총괄하는 총대주의 직위 때문인가요?"

"예."

"단지 그것만이 이유는 아닐 테지요? 만약 그렇다면 굳이 이 밤중에 날 찾아오진 않았을 테니까요."

"……."

단도직입적인 제갈약란의 말에 모용경이 잠시 입을 다물었다. 갑자기 허를 찔려서만은 아니다. 마음을 다잡을 시간이 필요했기 때문이다.

제갈약란 역시 재촉할 생각은 없다.

그녀가 사려 깊은 침묵으로 대답을 기다리자 모용경이 결심을 굳히고 입을 열었다.

"소문을 들었습니다."

"어떤 소문이지요?"

"이번 천무지회의 최종 목표는 천사련이 아니라 마교 정벌이라는."

"그런 소문이 돌고 있었군요."

"아닌 건가요?"

"……."

이번에는 제갈약란이 입을 다물었다. 이젠 그녀 역시 모용경이 자신을 찾아온 이유를 알 것 같다. 그녀의 여전히 수습되지 않은 여심이 손에 잡힐 듯하다.

하지만 다행스럽게도 그녀는 마침 방금 전 총군사 제갈묘재를 통해 이 같은 혼란을 경험한 적이 있었다.

"현 상황은 모용 대주가 생각하는 것보다 훨씬 복잡해요. 그래서 나 역시 정답을 말해 주긴 쉽지 않네요."

"저는 정답을 바라고 있는 게 아닙니다."

"그럼 적당한 답을 주도록 하죠."

"그건……."

"모용 대주는 천무지회에 참가해 전력을 다해 총대주의 직위를 획득하도록 하세요. 그리고 자신의 눈으로 똑똑하게 확인하는 거예요. 자신이 나아갈 바와 선택을!"

"……."

"그게 내가 지금 모용 대주에게 줄 수 있는 적당한 답이에요. 만족하나요?"

모용경에게 던진 질문은 자기 자신을 향한 것이기도 하다.

전혀 다르지 않았다.

그게 공감을 불러일으켰다. 진정성을 느끼게 했다.

"후배, 음선 선배님의 가르침에 감사드립니다."

"마음을 결정한 것일 테지요?"

"그렇습니다."

"후회는 없겠지요?"

"물론입니다."

"좋아요."

제갈약란이 천천히 고개를 끄덕여 보이곤 살짝 양손을 벌렸다. 모용경을 품에 안아 주기 위함이었다.

풀썩!

모용경은 망설이지 않았다. 이미 과거 한 차례 경험이 있었던 만큼 아낌없이 몸을 던졌다. 그렇게 모친에게도 느껴본 적이 없던 포근함을 만끽했다.

*　　　*　　　*

'흐음…….'

소진엽은 복잡한 표정을 짓고 있었다.

루외루를 떠나 산외산에서 차를 마신 그는 모용유의 도움을 받아 쉽사리 무림맹에 침입했다.

창천검무대의 평무사 장삼.

그게 현재 그의 신분이었다. 무림맹의 사대문을 넘은 후 어떤 자에게도 별다른 제지를 당하지 않았고, 의심 역시 사지 않았다. 창천검무대 자체가 워낙 최전선에서 싸워왔던 터라 인원의 손바꿈이 심한 까닭이었다.

그래서 마음껏 무림맹 내부를 휘젓고 다니다 과거 깊게 인연을 맺은 제갈약란과 모용경의 대화를 엿듣게 되었다. 그녀들을 발견하고 재빨리 몸을 숨겼다가 벌어진 일이다.

당연히 그녀들이 나눈 대화 속에 담긴 함의(含意)를 분별하지 못할 리 없다. 모용경이 제갈약란에게 털어놓은 말 속에 담긴 힘겨움과 혼란, 고통까지 한꺼번에 파악할 수 있었다. 태극무한신공으로 인해 얻은 공능으로 인해 말이다.

그게 소진엽의 마음을 괴롭게 했다.

심장 언저리를 뜨끈하게 만들고, 피를 맹렬하게 얼굴로 쏠리게 했다. 자신이 한 여인에게 준 상처를 그대로 돌려받았다. 미처 별다른 준비조차 하지 못한 채로 그런 꼴을 당했다.

누굴 탓할 것이 없다.

원망할 상대는 오로지 자기 자신뿐일 터였다.

'……구양 소저가 보고 싶구나! 그녀가 보고 싶어! 미칠 정도로 보고 싶어!'

그런데 이 무슨 얄궂음인가!

그는 뜨끈해진 심장 언저리의 통증과 함께 그동안 애써 잊고 있었던 얼굴을 떠올렸다.

갑작스레 돌려받은 상처로 인해 억지로 누르고 있던 것이 불쑥 튀어나와 버렸다. 자신의 모든 것을 다 포기한다 해도 결코 포기할 수 없는 소중한 것을 기억해 냈다. 자신의 진실한 본심을 있는 그대로 들여다보게 된 것이다.

그런 혼란 속에 소진엽은 잠시 굳어 버렸다.

석상이 되어서 제갈약란과 모용경이 사라질 때까지 움직이지 않았다. 태극무한신공의 신경지를 개척한 후 얻은 공능조차 망각해 버린 채 그렇게 시간을 흘려보냈다.

억겁? 찰나?

소진엽에겐 그리 중요치 않았다.

그래서 잠시뿐이라 생각하기로 했다.

그렇게 소진엽은 결국 스스로의 힘으로 혼란 속에서 벗어났다. 불쑥 튀어나와서 머릿속 전체를 장악했던 구양령에 대한 그리움을 억눌렀다. 그렇게 해야 한다는 걸 알고 있었기 때문이다.

그리고 입가에 머문 쓸쓸한 미소를 지우지 못한 채 소진엽이 은신하고 있던 곳에서 움직이려 할 때였다.

우웅!

갑자기 귓속에서 이명이 일어났다.

흡사 기습을 당한 것이나 다름없다. 귓속 깊숙한 곳으로 음파 하나가 몰래 숨어들었다. 그리고 곧 강력한 폭발력을 발휘했다. 안쪽에 위치한, 세반고리관을 단숨에 돌파해 머릿속 깊숙한 곳까지 한달음에 돌진해 갔다.

휘청!

소진엽은 자칫 쓰러질 뻔했다.

의식의 한 조각이 순식간에 날아가 버렸다.

그럼에도 그는 곧 자세를 바로 했다. 무너져 내리려던 신형을 단단한 하체로 견지해 냈다.

당연히 그것만으로 끝일 리 없다. 시작이었다.

디링! 디링!

뒤이어 사람의 정신을 혼미하게 만드는 음률이 연달아 들려왔다. 평범하던 달밤을 갑자기 한편의 환상경처럼 뒤바꿔 놨다. 그 정도로 놀라운 변화를 만들어 냈다.

하나 소진엽에겐 그리 큰 소용이 없었다.

첫 번째 음파의 공격에 저절로 일어난 태극무한신공은 순식간에 소진엽의 전신으로 확산되었다. 음파의 공격에 뒤이은 환상적인 음률의 변화를 아무렇지도 않게 방어해 낸 것이다.

아니다.

단지 그것뿐이 아니다.

슥!

문득 소진엽의 표정이 평온하게 변했다. 무너지려던 신형을 힘겹게 바로잡더니, 곧 여유까지 되찾았다. 여전히 계속되는 음률은 환상적인데 그 혼자만 현실에 발을 붙이고 있는 모습이다.

디리링…….

결국 환상적인 음률의 파도가 멈췄다.

소진엽을 제외한 모든 공간을 완전히 별세계로 만들어 놨던 환상경이 사라졌다. 본래대로 평범한 달밤이 돌아왔다. 마치 처음부터 그렇게 약속되었던 것처럼 말이다.

사락!

그리고 달빛 저편에서 반짝이는 은빛 아지랑이에 감싸인 여신이 모습을 드러냈다. 얼마 전까지 모용경을 다정하게 위로해 주고 있던 제갈약란의 재등장이었다.

"그사이 무공이 놀랍게 진보했군요!"

"하루하루가 다를 나이죠. 오랜만에 뵙겠습니다. 음선 선배."

제갈약란의 눈에 이채가 어렸다.

"아직 날 선배라 생각하고 있는 건가요?"

"물론입니다."

"그럼 묻겠어요."

"거절하겠습니다."

"어째서죠?"

"음선 선배에겐 거짓말 같은 건 하고 싶지 않으니까요."

"……."

제갈약란의 표정이 묘하게 변했다. 소진엽이 한 말이 꽤나 의미심장하다 여겼기 때문이다.

잠시뿐이다.

곧 그녀는 표정을 일신하고 무산신녀궁의 보물인 신녀송의 현을 가느다란 손가락으로 매만졌다. 근래 강남을 위진시키고 있는 그녀의 명성과 성명절학을 안다면 자못 위협적인 모습이다.

"하지만 이것 하나는 말씀드릴 수 있습니다."

"말하세요."

"무산을 떠날 때와 저는 변한 것이 없습니다. 아리 동생을 향한 마음과 마찬가지로."

"……그렇군요."

제갈약란이 신녀송에서 그제야 손가락을 떼어 냈다. 소진엽에 대한 공격 의사를 접은 것이다.

그러자 소진엽이 품속에서 옥기린을 꺼내 들었다.

신녀송과 한 쌍을 이루는 무산신녀궁의 신병! 전날 제갈약란에게 잠시 빌린 후 돌려주지 못했던 마음속의 부담!

그것을 서슴없이 그녀에게 내밀었다.

"후배, 잠시 빌렸던 물건을 돌려 드리겠습니다!"

"그건……."

잠시 말끝을 흐렸던 제갈약란이 천천히 고개를 끄덕이곤 섭물지기를 일으켜 옥기린을 가져갔다. 아까워서가 아니다. 사문의 신물이나 다름없는 보물을 자신의 사적인 감정을 위해 포기할 순 없다 여긴 까닭이었다.

그렇게 과거의 인연 하나를 털어 낸 두 사람!

"……."

"……."

잠시 더 서로를 바라보다 약속한 것처럼 침묵 속에 돌아섰다. 재견이란 말조차 남기지 않고 그렇게 각자의 갈 길을 찾아 발길을 돌렸다.

주춤!

문득 제갈약란이 걸음을 멈추고 고개를 돌렸다.

아쉬움? 허전함?

아주 오래전 완전히 놓아 버렸다 생각했던 감정의 작은 편린이 그녀에게 그 같은 행동을 강요했다. 소진엽 역시 자신과 비슷한 마음이기를 바라는 마음이 아주 없었다면 거짓말일 터였다. 그 같은 바람은 분명 존재했다.

그러나 야속하게도 멀어져 가는 소진엽!

그는 돌아보지 않았다. 망설이지 않았다. 아무런 구속도, 구애받을 것도 없다는 듯 사라져 갔다. 제갈약란의 눈 속에서 떠나가 버렸다.

'어리석다! 어리석다!'

제갈약란이 내심 안타까움이 섞인 뇌까림을 남기고 다시 신형을 돌려세웠다.

재견!

약속하지 않았다.

아니, 약속하고 싶지 않았다.

다시 만나게 된다면…… 그때엔 필시…….

연이어 떠오르는 상념을 떨쳐 내려는 듯 제갈약란은 걸음을 빨리 했다. 그렇게 조금이라도 더 소진엽과 멀어지고자 했다. 마음속 한켠에 자리 잡고 있던 삿된 마음을 털어 버려야만 했다. 그게 지금 가장 시급한 일이었다.

그래서인가?

그녀의 마음속에 남아 있던 천무지회에 대한 망설임이 사라졌다. 이 허무함을 채워 넣을 어떤 것이 필요했다. 그

것이 무투대회처럼 단순하고 전력을 다해야만 하는 것이라면 더욱 좋을 터였다.

　제갈약란과의 갑작스런 만남 이후 얼마나 지났을까?
　옥기린을 돌려주는 것으로 그녀와의 묵은 인연을 정리한 소진엽은 점차 걸음을 빨리하고 있었다.
　일보단천지로!
　이젠 완전히 일체화의 경지에 이른 보신경과 비슷하면서도 다르다. 태극무한신공이 중심이 된 상태이기 때문이다.
　실체가 모호하달까?
　반투명화된 상태라 함이 더욱 옳을 터였다.
　그의 움직임은 단순히 빠른 게 아니라 사람들의 이목을 벗어나 있었다. 특별히 은신법을 펼친 게 아님에도 흡사 허깨비처럼 무림맹 내부의 무수히 많은 순찰과 번을 가볍게 통과했다. 무인지경처럼 그렇게 무림맹의 너른 대지를 가로질렀다.
　그러다 문득 발걸음이 멈춰 선 곳.
　무림맹의 북문과 가까운 외곽에 자리 잡은 커다란 전각을 발견한 소진엽의 눈이 빠르게 현판을 읽어 냈다.
　'창천각! 이곳이 바로 창천검무대가 있는 장소로구나!'
　그리운 이름이다.
　그리운 면면들이 머릿속을 스쳐 지나갔다.

하지만 그는 어디까지나 필요에 의해서 이곳을 찾은 것이다. 과거의 잔상 따위나 붙잡고 늘어지기 위함이 아니었다.

잠시간의 집중!

순식간에 확장된 태극무한신공이 목표물을 정확하게 포착해 냈다.

'정말 말을 잘 듣는군! 화끈하게 돈을 쓴 보람이 있어……'

내심의 중얼거림과 함께 소진엽이 창천각의 뒤편으로 신형을 이동했다. 부근에 근래 천룡신무대와 더불어 이름이 거론될 만큼 성장한 창천검무대원 전원이 모여 있었으나 전혀 개의치 않았다.

슥!

갑자기 자신의 떨어져 내린 소진엽을 보고 모용유가 화들짝 놀란 표정이 되었다.

"헉!"

"오래 기다렸나?"

"어째서 이렇게 늦은 거예요? 걱정돼서 죽을 뻔했잖아요!"

"미안하게 됐군. 내가 부탁했던 건?"

사과의 말과 함께 소진엽이 손을 내밀었다. 천연덕스런

얼굴에는 전혀 미안한 기색이 서려 있지 않다.

모용유가 발끈한 표정이 되었다.

"뻔뻔하기는!"

"천성이라서."

"좀 고쳐요! 그 천성!"

"어렵지 않을까?"

"시도라도 해 보라고요!"

"생각해 보지. 그래서 내가 부탁했던 건?"

"으이구!"

전혀 개선의 여지가 보이지 않는 소진엽의 태도에 모용
유가 치를 떨어 보이곤 품속에서 작은 패 하나를 꺼내 들었
다. 곧 개최될 천무지회 예비 심사 통과증이었다.

"과연 강남제일 권력 집안의 핵심!"

"거, 불편하게! 그냥 감탄과 감사의 마음만 품도록 하세
요!"

"그러도록 하지."

소진엽이 통과증을 받아서 품에 넣고, 히죽 웃어 보였다.
왠지 요즘 들어 웃는 게 사부 담대광을 닮아 간다.

그러자 모용유가 정색을 한 채 말했다.

"그건 천무지회의 예비 심사를 통과했다는 증표에 불과
해요. 본선은 무림맹의 명숙들과 수많은 무림동도 앞에서
비무를 펼쳐야 하니까……."

"처음부터 말했다시피 나는 천무지회에 별다른 관심이 없어. 그러니 본선에 참가할 일 따윈 없을 거야."

"당연히 그래야만 해요. 그 통과증은 본래 내 거니까요."

"천무지회에 참가할 생각이었나?"

"언니하고 정식으로 무공을 겨뤄 보고 싶었을 뿐이에요."

"모용 대주랑?"

"그런 눈으로 날 쳐다보지 마세요. 저도 아경 언니를 무공으로 따라잡을 순 없다는 것 정도는 알고 있으니까요."

"따라잡을 수 없는 게 그것뿐만은 아닌 것 같은데……."

"그 통과증 돌려줄래요?"

"그래서 모용 대주랑 정식으로 무공을 겨뤄 보고 싶은 이유는 뭔데?"

"말 돌리기는!"

모용유가 소진엽에게 살짝 눈을 흘기곤 입가에 가벼운 한숨을 매달았다.

"하아, 당신이 뭘 알겠어요? 우리 자매 사이엔 복잡한 일이 많다구요."

"그렇군."

"그렇게 쉽사리 포기하지 마요!"

"별로 궁금하지 않아서……."

"궁금해하라구요! 나는 아주 많이 심각하다구요!"

"……남자 문제일 뿐이잖아."

"헉!"

모용유가 소진엽의 단도직입적인 말에 입을 가볍게 벌렸다. 표정이 얼음같이 굳어 버렸다.

소진엽이 소지로 귀를 가볍게 후벼 팠다.

"그런 눈으로 볼 것 없어. 내가 본래 소싯적에 여자들 연애 상담을 제법 해 준 적이 있는 사람이라서 이런 일은 잘 알고 있을 뿐이니까."

"그런 주제에 아경 언니나 아리한테는 왜 그랬는데요?"

"중이 본래 제 머리 못 깎는 법이잖아. 말해 봐. 어떤 놈이 우리 모용가 왈가닥의 마음을 홀딱 가져갔는지 말야. 그런데 노파심에 하는 말인데, 설마 그 상대가 천룡신무대주는 아니겠지?"

"제갈 대가가 왜요?"

"훗!"

소진엽의 입꼬리가 살짝 치켜 올라갔다. 딱 걸렸다는 표정이다. 모용유의 얼굴이 어느새 발갛게 달아올랐다.

"왜 그런 표정을 짓는 거예요? 설마 이상한 생각을 하고 있는 건 아니겠지요? 만약 그렇다면……."

"완전히 빠졌군."

"……빠, 빠지긴 누가 빠졌다고 그러는 거예요?"

"그런데 문제는 그 천룡신무대주의 의중이겠군? 모용 대주한테 관심이 있는 건가?"

"아경 언니는 무림맹에 온 후에 계속 전쟁터만 돌아다녀서 두 사람은 만난 적도 별로 없어요."

"하지만 그럼에도 불구하고 천룡신무대주는 모용 대주한테 지극한 관심이 있는 것일 테지? 곁에 꽃보다 어여쁜 미소녀가 있는데도 말야."

"사실은……."

잠시 말끝을 흐렸던 모용유가 결심을 굳힌 듯 눈을 빛냈다.

"……처음에 나는 아경 언니와 제갈 대가가 잘되었으면 했어요. 괜찮은 남자가 생기면 아경 언니의 상심이 덜어질 거라고 생각한 거예요."

"하지만 천룡신무대주와 함께 지내다 보니 그가 남 주긴 아까운 남자란 걸 알게 된 것이겠군?"

"그래요! 남 주기 아까워요! 그게 설혹 아경 언니라고 해도 말예요!"

"그럼 결정됐군."

"예?"

당황한 모용유를 향해 소진엽이 한쪽 눈을 찡긋해 보였다.

"이 통과증은 반드시 천무지회의 본선이 시작되기 전에

돌려주도록 할 테니, 모용유 소저는 대회 준비나 신경 쓰도록 해. 남 주긴 아까운 남자, 반드시 쟁취해야지!"

"그, 그래도 될까요?"

"물론이지. 천룡신무대주가 제대로 된 눈을 가지고 있다면 어찌 자신만 바라보는 꽃다운 미소녀의 순정을 몰라보겠어?"

슬슬슬!

말을 끝낸 소진엽이 갑자기 손을 내밀어 모용유의 머리를 쓰다듬었다.

모용유의 얼굴이 더욱 심하게 붉어졌다.

"뭐 하는 짓이에요!"

"대견해서."

"뭐가 대견하다는 거예요! 그보다 얼른 이 손 치우지 못해요!"

"익숙해져야지!"

"이, 익숙해져?"

"그래, 정인한테 사랑을 받으려면 이런 손길에 지금처럼 선머슴 같은 반응을 보여선 안 되는 거야. 사내들은 그런 여자한테 사랑을 느끼진 않으니까."

"마, 말도 안 되는 소리 하지 마요! 요즘 아경 언니는 날 훨씬 뛰어넘을 만큼 난폭한데도 인기만 많다구요!"

"그건 모용 대주니까 가능한 일이야."

"이런 식으로 사람 차별하는 거예요?"

"이건 차별이 아니라 냉정한 판단! 진짜 천룡신무대주를 자기 남자로 만들고 싶으면, 이 오라버님의 말을 무시하지 않는 게 좋을 거야."

다시 손을 내밀어 싫어하는 모용유의 머리를 쓰다듬은 소진엽이 히죽거리며 신형을 돌려세웠다. 잔뜩 골이 난 모용유의 표정을 보니 기분이 한결 좋아졌다. 구양령을 떠올리며 상처받았던 가슴 한켠의 통증이 어느새 크게 완화된 것이다.

'그럼 이제 슬슬 루외루로 돌아가 볼까? 명객이 날 위해 얼마나 좋은 거처를 마련해 놨을지 자못 기대되는군. 고급 요리집이니까 야참을 시켜도 괜찮을 테지?'

어느새 속이 출출해 왔다.

루외루의 혀를 녹여 버릴 듯 맛있는 음식을 떠올리며 침을 삼킨 소진엽이 북문을 향해 신형을 날렸다. 사유의 흐름에 맞춰서 몸이 그대로 반응을 보인 것이다.

"또 저런 식으로!"

모용유가 발을 굴렀다.

언제 얼굴을 있는 대로 붉혔냐는 듯 다시 본래의 왈가닥으로 돌아가 있었다.

잠시뿐이다.

곧 그녀는 화를 가라앉히고, 얌전하고 조신한 태도가 되

었다. 이상하게도 소진엽이 남긴 말이 마음속에 남아서 평
상시처럼 함부로 행동할 수 없게 된 까닭이었다.

＊　　　＊　　　＊

'응?'

제갈약란과 헤어진 후 자신의 집무실이자 처소인 창천각
앞에 도착한 모용경의 눈에 이채가 어렸다.

전각 앞에서 서성대고 있는 낯익은 얼굴 하나.

근래 천룡신무대주 제갈종호와 찰싹 달라붙어 다니는 동
생 모용유였다.

"설마 날 기다리고 있었던 거니?"

"아경 언니……."

"진짜 그랬나 보네?"

모용경이 의아한 기색으로 혼잣말을 중얼거렸을 때였다.

휘익!

모용유가 전력을 다해 그녀에게 달려들었다. 온몸으로
부딪쳐 왔다.

천유낙성권!

그다음은 와선각과 낙성수다.

근래 어떤 무공보다 공을 들인 양대 절학으로 모용유는
한동안 파상적으로 모용경을 공격했다. 그녀를 평생의 대

적이라 상정하고 전력을 다 쏟아 냈다.

달빛을 수놓는 권각과 장영!

모용경이 완연히 수세를 취한 채 모용유의 공격을 받아 내다 갑자기 신형을 뒤로 물렸다. 둘 사이에서 벌어지고 있던 박투로부터 자신의 몸을 간단히 빼낸 것이다.

당연히 모용유로선 그대로 끝낼 생각은 없다.

그녀가 지축을 박찼다.

성광비천신법을 펼쳐서 뒤로 물러서는 모용경을 다시 자신의 박투 간격으로 끌어들이려 했다. 그 외엔 자신이 이길 가능성이 전혀 없음을 잘 알고 있었기 때문이다.

그러나 그게 패착이었다.

실수였다.

토옥!

순간 마치 기다렸다는 듯 모용경이 발을 뻗었다. 정확하게 모용유가 성광비천신법을 펼친 것과 동시였다.

"악!"

모용유가 비명과 함께 나동그라졌다.

호흡과 신법을 일치시킨 순간 발이 걸려서 몸의 균형 자체가 완전히 허물어지고 말았다. 호흡이 가닥가닥 끊기고, 내력이 흩어져서 바로 반격에 나설 수 없게 되었다.

"하악! 하악!"

바닥에 드러누운 채 모용유가 가쁜 호흡을 쏟아 냈다. 일시 몸에서 힘이 쭈욱 빠져나가서 일어날 기력조차 없었다.

그때 모용경이 손을 내밀었다.

"많이 늘었구나. 제법 괜찮은 와선각과 낙성수였어."

"어째서 나한테 그런 거야?"

"응?"

"어째서 날 제대로 상대해 주지 않는 거냐고! 나는 방금 전에 아경 언니를 적이라고 생각하고 달려들었다구!"

"그렇다면 실망인걸?"

"실망?"

"그래, 네가 진짜 날 적이라 생각했다면, 죽일 작정을 했어야지."

"그건…… 그렇지만……."

"그런 각오도 없이 내게 덤벼들었으니 실망이란 거야. 나는 전장에서 항상 그런 적을 상대로 검을 휘둘러 왔으니까."

"……."

"슬슬 호흡이 정상으로 돌아온 것 같으니, 일어나렴. 난 처리할 일이 남아서 집무실에 가 봐야겠다."

"아경 언니!"

"응?"

"나 천무지회에 참가할 작정이야! 그리고 거기서 만날 때는 오늘 아경 언니의 가르침, 절대 잊지 않겠어!"

"기대할게."

모용경이 부드럽게 미소 지었다.

그러자 모용유는 그런 모용경의 미소 속에서 소진엽의 모습이 겹쳐 보인다는 생각이 들었다.

'분해!'

그래서 더 화가 나는 밤이다. 적어도 지금의 그녀에겐 그러했다.

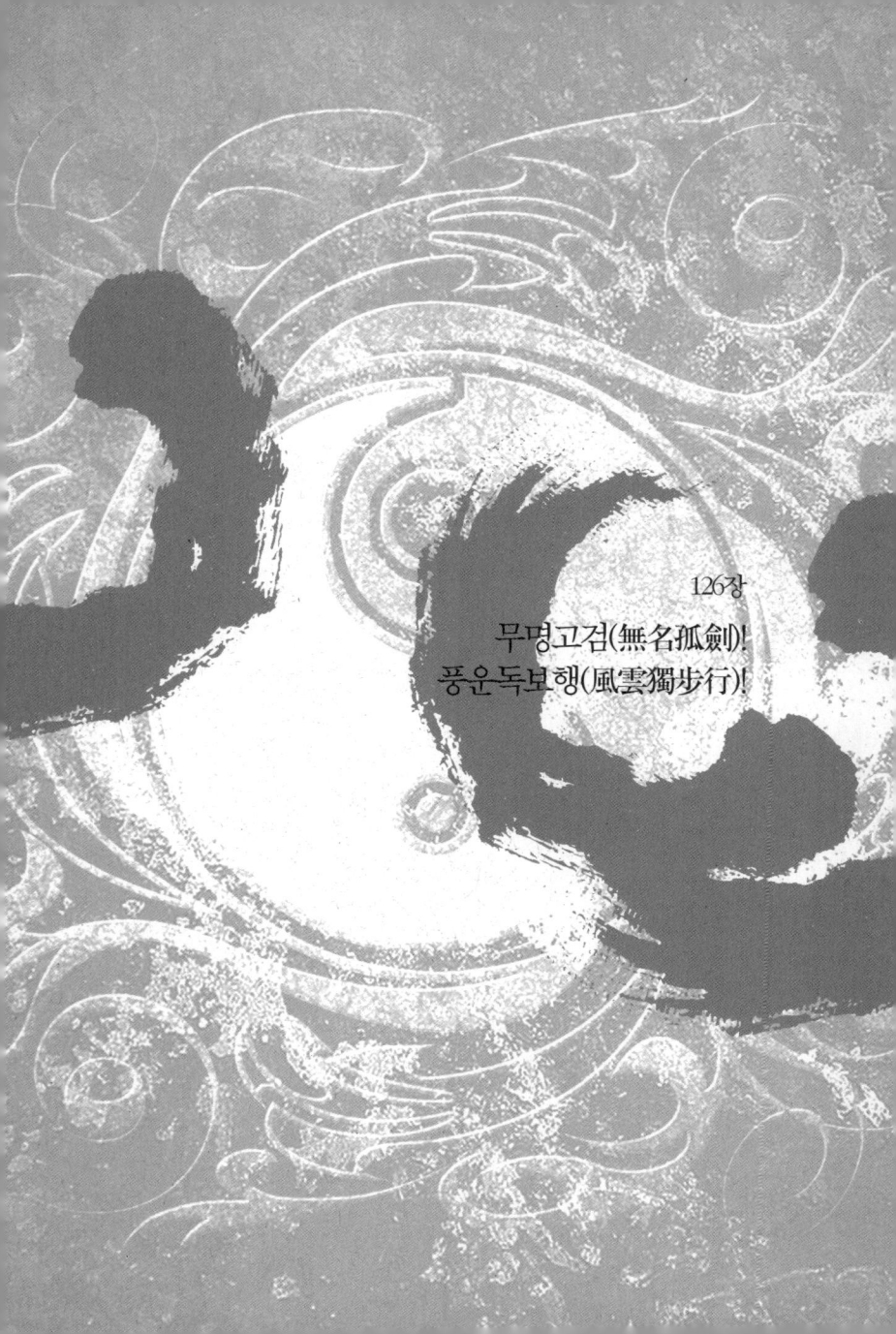

126장

무명고검(無名孤劍)!
풍운독보행(風雲獨步行)!

루외루.

언제나처럼 찬연한 금빛으로 물들어 있다. 잘못 보면 흡사 황도의 황궁이라 착각할 수도 있을 만큼 호화찬란하다.

그래서였을 것이다.

하루 새 상거지꼴이 된 호연작은 대문 앞에 자신도 모르게 멈춰 섰다.

장원록이 의아한 기색으로 물었다.

"호 도장, 어째서 그러시는 겁니까?"

"장 도우, 우리 아무래도 잘못 찾아온 것 같지 않소?"

"소생이 보기엔 소 대협에게 전언을 받은 장소가 맞는

것 같습니다만."

"아니, 그러니까……."

잠시 말끝을 흐렸던 호연작이 조금 성난 기색이 되어 소리쳤다.

"……저게 어딜 봐서 음식점이란 거요? 간밤 우리가 찾아갔던 무림맹보다 더 화려하지 않소!"

"그야 무림맹은 어디까지나 무림에 속한 단체이지 않습니까? 지나치게 화려해선 곤란하지요. 봉황여제 시절 이후 꾸준히 성세가 위축됐기도 하고요."

"그래서 저 구중궁궐(九重宮闕) 같은 곳이 음식점인 게 당연하다는 것이오? 천하에 굶어죽는 이들이 그렇게 많고 강남에서는 줄곧 난이 끊이지 않는 현 시국에 말이오!"

"확실히 루외루의 화려함이 좀 과한 면은 있습니다만……."

변명하듯 말하던 장원록이 갑자기 입을 가볍게 벌렸다. 방금 전까지 그의 앞에서 비분강개(悲憤慷慨)해 소리치던 호연작이 갑자기 사라졌기 때문이다.

이유는 자명하다.

그의 목표는 마침 루외루를 나선 아리따운 여인이었다. 어느새 품에서 붓 한 자루를 꺼내 들고 달려가 수작질을 벌이고 있었다.

'무림맹에서 그런 대담한 짓을 했던 사람과 동일인인지

의심스러울 지경이로구나!'

전날 천외천에서 천룡신무대에 압송된 민간인들을 위해 무림맹에 뛰어들었을 때를 떠올린 장원록이 내심 고개를 흔들었다. 결기에 차서 민간인들을 변호하던 호연작의 모습과 현재의 삼류 난봉꾼 같은 태도가 쉽게 연결되지 않았다.

지금 생각해 보면 정말 짧은 새에 많은 일을 경험했다.

무턱대고 무림맹에 뛰어들어 무턱대고 책임자를 불러 대던 호연작 때문에 분위기는 최악으로 흘러갔다. 천무지회를 앞두고 잔뜩 긴장해 있던 무림맹 무사들이 잔뜩 뛰어나와 두 사람을 에워싸고 집단 폭력까지 행사하려 했을 정도였다.

그나마 다행인 건 마침 그들 중 벽력당 출신 무사가 포함되어 있었다는 거다.

그 무사의 중재로 두 사람은 천룡신무대주 제갈종호를 만났고, 그 후 일은 원만하게 처리되었다. 그에게 천사련과 관계없는 무고한 민간인들의 조속한 방면을 약속받고 무림맹에서 빠져나올 수 있었기 때문이다.

문제는 그 이후부터였다.

장원록이 벽력당의 웃어른들에게 불려갔기 때문에 호연작은 홀로 노숙을 해야만 했다. 곤륜파를 떠나기 전에 가져온 여비가 동났을뿐더러, 천무지회를 앞두고 항주 전역의 숙박업소가 가득 차서 빈 방을 찾을 길이 없었다.

그렇게 하룻밤이 지나 무림맹 앞에서 다시 조우한 두 사람에게 한 꼬맹이가 다가와 밀지를 전해 줬다. 루외루에서 만나자는 소진엽의 전언이었다.

'한데 정말 소 대협의 능력은 신통광대하구나! 항주에는 초행이라고 들었는데 이렇게 쉽사리 우리를 찾아내다니 말야!'

내심 소진엽에게 감탄한 장원록이 천천히 호연작에게 다가갔다. 그에게 붙잡혀서 곤란한 표정이 완연해진 아리따운 여인을 구원해 줄 때가 되었다는 판단이었다.

"……그러니까 그런 선녀 같은 용모를 후세에 남기지 않는 건 원시천존께 벌을 받을 짓이라는 것이오! 오늘 예술적인 심미안(審美眼)을 지닌 날 만난 것도 만생의 인연일 터이니, 사양 따윈 정중하게 거절하겠소이다!"

"아니, 저기 말씀은 고맙습니다만……."

"어허! 사양 따윈 정중하게 거절한다고 했지 않소이까! 그냥 잠시 내 앞에 서서 몇 가지 자세만 취해 주면 될 일이올시다! 내 오늘 후세에 길이 남을 걸작을 완성할 작정이니까!"

그때 여인과 호연작 사이로 장원록이 불쑥 끼어들었다.

"호 도장, 소 대협을 너무 기다리게 해선 안 되지 않겠습니까?"

"그야 그렇지만……."

"소저, 우리를 기다리는 분이 계실 것이오. 안내해 주셨으면 하오."

장원록이 여인에게 내민 건 소진엽에게 전달받은 서신의 겉면이었다. 황색의 색지에 뚜렷하게 루외루의 상징인 봉황의 날개를 활짝 편 모습이 보인다.

"아!"

여인이 가벼운 탄성과 함께 정중한 표정이 되었다.

"소첩은 이곳 루외루에서 안내를 맡고 있는 우연이라 합니다. 소 대인께서 이미 귀인들을 기다리신지 오래되셨습니다."

"우 소저, 안내를 부탁드리겠소."

"예, 소첩을 따르시지요."

정중하게 고개를 숙여 보인 여인이 장원록에게 색기 어린 눈빛과 함께 살짝 미소 지어 보였다. 호연작에게 붙잡혀 똥 밟은 기색이 완연하던 방금 전과는 천양지차의 태도였다.

그러자 호연작의 표정이 와락 일그러졌다. 장원록이 자신이 다 잡은 고기를 중간에서 낚아채 갔다고 여긴 까닭이었다.

그러나 세상은 냉정한 법!

여인은 극도로 살가운 표정을 한 채 장원록을 안내했고,

호연작은 입이 툭 튀어나온 채 그들의 뒤를 따를 수밖에 없었다. 그 외엔 달리 할 수 있는 일이 없었기 때문이다.

잠시 후.

소진엽이 거처로 삼은 루외루 최상급의 귀빈실인 사군자실(四君子室)에 장원록과 호연작이 들어섰다. 천외천 부근에서 헤어진 후 거의 하루가 지난 후의 재회였다.

소진엽이 말했다.

"생각보다 일찍 찾아왔군."

장원록과 호연작이 거의 동시에 대답했다.

"소 대협, 어떻게 우리가 있는 곳을 파악하신 것입니까?"

"치사하게 혼자서만 이런 좋은 곳을 차지한 채 즐기긴가!"

소진엽이 피식 웃었다.

"내가 꽤나 그리웠나 보군?"

호연작의 목청이 슬쩍 올라갔다.

"그립긴 누가 그리워!"

"아닌가?"

"당연하지! 내가 뭐가 아쉬워서 냄새나는 사내 녀석을 그리워하겠어?"

"하긴 그렇군."

천천히 고개를 끄덕여 보인 소진엽이 나직하게 중얼거렸다.

"일부러 루외루 제일의 미녀 중 한 명인 우연 소저를 안내인으로 보냈던 건데 괜한 일을 했던 거로군."

"그 아름다운 소저를 일부러 찍어서 보냈던 것인가?"

"호 도장을 위해 그리했지."

"오! 오오오오!"

"하지만 호 도장의 본심을 알았으니, 우린 여기서 그만 헤어지도록 하세."

"어찌 그러시는가! 내 얼마나 자네를 그리워했었는데!"

호연작이 소진엽에게 찰싹 달라붙었다. 중간에 탁자가 없었다면 다리라도 붙잡고 늘어질 태세다.

'호 도장…… 정말 알기 쉬운 사람이구나!'

장원록이 내심 고개를 가로젓고 소진엽에게 말했다.

"소 대협께 미처 말씀드리지 못했습니다만, 소생은 사실 무림맹에서 개최하는 천무지회에 참가하기 위해 항주에 왔습니다."

"그럴 거라 생각했소."

"마침 소생의 가문 사람들이 무림맹에 전각 몇 개를 차지하고 있습니다. 소 대협께서 괜찮으시다면 그곳에서 저희와 천무지회까지 함께하시는 게 어떠신지요?"

"그건……."

소진엽이 입을 뗀 것과 동시였다. 그때까지도 그에게 바짝 상반신을 들이민 채 매달려 있던 호연작이 버럭 소리 질렀다.

"나는 반대다!"

"……우연 소저를 포기할 수 없는 것이로군?"

"물론이다! 강남에는 미인이 넘친다고 하더니만, 나는 여태까지 우연 소저 같은 미인을 만나 보지 못했다구!"

"우연 소저가 미인이긴 하지."

소진엽이 공감의 말과 함께 장원록에게 미안한 표정을 지어 보였다.

"이렇게 되었소."

"그렇군요. 그럼 소생 역시 소 대협과 함께 이곳에 머물 겠습니다."

호연작이 다시 버럭 소리 질렀다.

"그건 안 돼!"

"어째서 그러시는지요?"

"장 소협은 처, 천무지회를 준비해야 하잖소! 그러니 가문 사람들과 함께 무림맹에 머무는 게 옳을 것이오!"

소진엽이 피식 웃었다.

"우연 소저가 확실히 눈이 높긴 하지."

"그, 그게 무슨 소리지?"

"뭐, 자세한 설명은 자네의 자존심을 위해 넘어가도록

하지."

"그러니까 그게 무슨 소리냐고!"

다시 소리를 질러 대는 호연작을 떼어 놓고 소진엽이 장원록에게 말했다.

"나도 어쩌다 보니 천무지회에 참가하게 되었소."

"그러시다면 더더욱……."

"아니, 그래서 장 소협과는 여기에서 잠시 작별을 고해야겠소. 어쩌면 비무대 위에서 만나게 될 수도 있으니 말이오."

"……그건 소생에겐 지옥 같은 경험이 되겠군요."

"그렇게 말하는 사람치고는 눈빛이 더할 수 없이 생생하오만?"

"……."

입을 다문 장원록에게 소진엽이 미미하게 고개를 끄덕여 보였다.

"다시 만날 때까지 보중하시오."

"보중하십시오."

장원록이 몸을 일으켜 정중하게 포권했다. 지난 며칠간 그의 마음속에 크게 자리 잡은 정신적인 스승에 대한 인사였다. 그리고 언젠가 반드시 뛰어넘을 거대한 벽에 대한 선전포고이기도 했다.

그때 호연작이 기대감 어린 표정으로 말했다.

"장 소협, 나한테 약속했던 거 잊진 않았겠지?"

"무슨 약속을 말하시는 건지요?"

"그 왜, 무림맹의 쌍미를 만나게 해 주겠다고 했지 않은가! 강남에서 제일가는 미인들 말야!"

"그건 호 도장이 우격다짐으로 그렇게 해 달라고 하신 게 아닙니까?"

"어찌 됐든 약속은 약속! 내게 한 약속이니 만치 반드시 지켜야만 하네!"

"노, 노력해 보겠습니다."

어느 때보다 강렬한 호연작의 박력에 장원록이 자신도 모르게 더듬거리며 고개를 끄덕였다. 그를 처음에 만났을 때를 떠올릴 만큼 강렬한 기세에 휘말려 버린 것이다.

'쯔쯧, 저 미인에 대한 집착의 절반만 무공 연마에 쏟았어도 벌써 곤륜제일의 고수가 되었을 것을……'

소진엽이 내심 혀를 차다 고개를 살짝 옆으로 기울여 보였다. 그의 태극무한신공이 루외루 내부에서 일어나고 있는 모종의 움직임을 포착한 까닭이었다.

"그럼 두 사람, 천천히 석별의 정을 나누시오. 나는 잠시 실례를 해야 할 것 같으니까."

"또 어딜 가려고?"

"내가 이렇게 점잖게 양해의 뜻을 구하는 일이란 건 뻔하지 않겠나?"

"작작 좀 처먹지!"

"우연 소저는 입이 걸은 사내를 좋아하지 않는다고 하던
데……."

"잘 다녀오시게! 시원한 한때를 보네시게!"

"……그러지."

소진엽이 장원록과 한 차례 눈인사를 하고 신형을 일으
켰다.

*　　　　*　　　　*

슥!

사군자실을 벗어난 소진엽의 앞에 갑자기 검은색 인영
하나가 떨어져 내렸다. 루외루주 설중매의 호위대장이나
소진엽과도 계약을 맺은 명부귀살의 주인 명객이었다.

그가 경탄과 공포로 뒤섞인 목소리로 말했다.

"정말 놀라운 분이시군요! 진짜로 단지 기운을 일으킨
것만으로 내 앞에 나타날 줄은 몰랐는데……."

"칭찬으로 받아들이도록 하지."

"……."

장원록과 호연작을 대할 때와는 묘하게 달라진 느낌?

소진엽의 눈빛을 접한 명객은 가벼운 나른함을 느꼈다.
방금 전까지 그를 긴장케 했던 경탄과 공포의 감정이 빠르

게 사라져 가고 있었다.

그러나 명객은 살수계에서도 명성이 높은 자!

마지막 순간 그는 무장해제의 끝을 단단히 붙잡았다. 의뢰인과 살수간의 마지막 금도인 '사적 관심의 배제'를 지키기 위함이었다.

소진엽이 말했다.

"날 불러낸 이유가 단지 시험해 보려는 의도였던 건 아닐 테지?"

"물론입니다."

"말해 봐."

"예상했던 것처럼 현재 항주에는 육선문에 속한 고수들이 속속 집결하고 있습니다."

"한 곳만이 아니란 뜻이로군?"

"창위를 비롯해 최소한 세 곳 정도 됩니다. 아무래도 무림맹에서 개최하는 천무지회 때문일 테지요."

"그 세 곳 중 가장 찾기 어려웠던 건 어디지?"

"천리표국(千里鏢局)입니다."

"그렇군."

소진엽이 미미하게 고개를 끄덕이고, 명객의 눈을 지그시 바라봤다.

"한 가지 더 부탁하도록 하지."

"의뢰입니까?"

"물론."

한 차례 더 고개를 끄덕인 소진엽의 눈이 투명해졌다. 태극무한신공이 자연스럽게 공효를 발휘하기 시작한 것이다.

"항주에 침입해 있는 천사련 세력도 함께 알아봐 줘. 이곳, 루외루의 조직을 적당히 동원하면 조금 수월할 테지."

"……"

"이건 의뢰야. 당신은 나와 계약한 살수고. 그러니 깊게 생각할 필요는 없어. 그렇지?"

"……살수는 의뢰를 받기 마련인 것이지요."

"그래, 살수는 의뢰를 받는 게 옳은 거야!"

"……"

소진엽이 말끝을 살짝 강하게 하자 명객을 휘감고 있던 검은 그림자가 가벼운 진동을 일으켰다.

영혼, 그 자체의 떨림이다.

첫 만남 직후부터 서서히 잠식해 들어온 태극무한신공이 완전히 그의 영혼과 공명을 일으켰다. 여태까지 그라는 인간을 형성해 왔던 자아의 깊은 곳을 흔들었다.

그러자 소진엽을 향해 맹렬한 살기의 칼날이 날아들었다. 예기를 일으켰다. 천참만륙으로 난도질이라도 하려는 듯 사방에서 집중되었다.

부근에 은신해 있던 명부귀살 살수들의 준동이다.

명객의 명에 의해 주변에 은신해 있던 그들은 바짝 긴장해 있었다. 소진엽에게 명객이 암격을 당했다는 판단을 내렸기 때문이다.

그러나 그것도 잠시뿐.

슥!

문득 격렬한 파랑을 일으키고 있던 명객 주변의 검은 그림자가 안정화되었다. 더 이상의 흔들림을 보이지 않았다. 본래대로 돌아왔다.

그리고 그의 입에서 흘러나온 한마디!

"그 의뢰, 받아들이겠소."

"좋아."

소진엽이 세 번째로 고개를 끄덕였다. 만족스런 미소가 입가에 가득하다.

그러자 명부귀살의 살수들이 일으켰던 살기가 사라졌다. 명객이 결정을 내린 것과 함께 그들과 루외루주 설중매의 관계는 깨끗이 단절되어 버린 것이다. 아주 일부분을 제외하곤 말이다.

*   *   *

밤.

호연작이 잠드는 걸 확인한 소진엽이 전날과 마찬가지로 루외루의 담을 뛰어넘었다.

그의 목표는 천리표국!

항주에서 세 손가락 안에 꼽히는 대표국으로 표국주인 유운대협(流雲大俠) 안홍면은 절정의 검객으로 유명하다. 항주를 대표하는 무림명숙 중 한 명이란 뜻.

당연히 표국의 규모가 작을 리 없다.

족히 수백 명의 식솔을 수용할 만한 크기였다. 일견하기에도 담장 안쪽에 위치한 전각이 십여 개는 넘어 보인다.

'대략적인 지도라도 달라고 할 걸 실수했군. 아니, 그럴 필요가 없는 건가?'

사유의 흐름이 천리표국을 향한 것과 동시였다.

언제나처럼 자연스럽게 발동한 태극무한신공이 빠르게 천리표국 전체를 검색해 몇 가지 정보를 전해 줬다. 신경이 쓰이는 인사가 있는 장소를 확인시켜 준 것이다.

그렇다면 더 이상 망설일 이유가 없다.

슉!

소진엽이 일순 한줄기 바람으로 화했다. 천리표국의 담을 넘어서 태극무한신공이 가리킨 방향으로 신형을 날려갔다. 대표국답게 군데군데 불을 밝히고 번을 서는 표사가 존재했으나 개의치 않았다. 그들 중 누구도 현재의 자신을 분별할 수 없으리란 걸 알고 있었기 때문이다.

그렇게 몇 개의 전각을 스쳐 지나간 소진엽이 도착한 장소는 작은 별원이었다.

부근에 적당한 크기의 연못이 있고, 가산 역시 그럴듯하게 조성되었다. 그리고 군데군데 귀한 태호석(太湖石)까지 몇 개 보이는 게 확실히 귀빈이 머물 만한 장소였다.

'제법인걸?'

문득 걸음을 멈춘 소진엽의 눈에 이채가 스쳐 갔다.

현재 별원 안쪽에 머물러 있는 인물에게서 상당히 강한 기운이 흘러나오고 있었다. 전날 무림맹을 마음대로 돌아다닐 때도 거의 느낀 적이 없던 정도의 수준이다.

굳이 비교하자면 음선 제갈약란 정도랄까?

놀라운 일이다.

제갈약란은 정파 십이세 중에서도 손꼽힐 정도의 초고수다. 근래엔 천사련과의 대전으로 인해 명성이 더욱 높아져서 검왕 모용척과 더불어 강력한 무림맹주 후보로 거명될 정도였다.

그런 그녀와 비견될 만한 기운의 소유자라니!

느닷없는 발견이다.

이해하기 어려운 전개라 해도 무방할 터였다.

그게 소진엽을 살짝 기대하게 했다. 이만한 기운의 소유자라면 아주 훌륭한 황천비영주의 후보일 터였기 때문이다. 제발 그렇게 되길 바랐다.

한데 그때 별원으로 다른 기운이 다가들었다.

역시 강하다!

별원 안에 있는 사람만은 못해도 거의 초절정급에 근접해 있었다.

'게다가 이 기운은 무당파의 기운이다! 설마 그 녀석인건가……'

내심 눈에 이채를 담은 채 소진엽이 부근의 태호석 뒤로 신형을 이동했다.

익숙한 기운과 함께 뇌리를 스쳐 간 한 사나이!

예상을 뛰어넘은 인물의 등장에 잠시 상황의 추어를 지켜봐야 할 필요성을 느꼈다.

얼굴을 가린 검은 복면.

밝은 달빛조차 쉽사리 본색을 드러내게 하지 못할 것 같은 검은색 일체의 복색.

표홀한 신법으로 모습을 드러낸 복면인은 잠시 망설이다 눈앞에 보이는 별원을 향해 입을 열었다.

"소인, 적운입니다."

"들게."

"예."

대답과 함께 자신을 적운이라 밝힌 복면인이 별원으로 들어갔다. 초절한 신법과 무위를 지녔음에도 행동이 굉장히 조심스럽다.

그럴 수밖에 없다.

별원 안에 자리한 사람은 그가 하늘처럼 생각하는 사부조차 함부로 할 수 없을 만큼 고귀한 신분의 소유자였다. 그와 사적으론 사형제지간이라 할 수 있으나 완전히 다른 세계에 속했다고 할 수 있었다.

게다가 몇 차례 접한 그의 무위는 그야말로 절대적!

자신의 목숨을 건다 한들 십초지적이 되지 못할 게 분명했다. 굳이 싸워 보진 않았으나 분명한 차이를 느끼고 있었다.

스르륵!

마지막 문을 열고 방 안에 들어선 적운이 얼른 부복했다. 그의 바로 앞에 앉아 있는 보기 드문 황색 장삼 차림의 사십 대 장년인과 감히 시선조차 마주칠 수 없었기 때문이다.

오 척 여덟 치가량의 신장.

당당한 체격에 대호를 닮은 듯한 커다란 눈.

턱에 자리 잡은 잘 정리된 검은 수염.

무엇 하나 강렬하지 않은 게 없고, 평범한 것이 없다. 범인에게선 결코 느낄 수 없는 기세를 형성하고 있었다.

경황야!

황족 중의 황족이라 일컬어지는 황천제일의 고수이기에 가능한 모습과 위세일 터였다. 분명 그랬다.

경황야가 잠시 부복한 복면인을 내려다보다 입가에 흐릿한 미소를 매달았다.

"적 사제, 오랜만일세."

"사제라니! 소인, 감히 그 같은 호칭을 감당할 수 없습니다!"

"그 사부에 그 제자로군. 아니면 역시 나 같은 황족 나부랭이는 무당파의 사형제로 받아들일 수 없다는 뜻인가?"

"……."

적운이 침묵으로 대답을 대신했다. 그에겐 경황야가 한 질문에 대한 답을 낼 자격이 없다는 판단이었다.

경황야의 호목이 슬쩍 치켜 올라갔다.

"하하, 자네를 괴롭힌 꼴이 되었군. 그냥 농을 한 것이니, 마음에 담아 두지 마시게."

"소인, 죄송할 따름입니다."

"그래, 날 찾은 연유는 뭐지?"

"사부님께서 한 가지 부탁을 전하라 하셨습니다."

"말하시게."

"사부님께서는 이번 천무지회에 무명고검이 출전하길 바라십니다."

"……."

이번에는 경황야가 침묵에 빠졌다.

— **무명고검! 풍운독보행!**

십수 년 전 천하를 떠들썩하게 했던 한 검자(劍者)의 비무행(比武行)을 일컫는 말이다. 삼 년 반의 세월 동안 백삼십오 개의 문파, 이백삼십오 명의 고수를 패배시킨 전설급의 행보였다.

당연히 천하 무림은 경동했고, 한 사람의 검자에게 정파 십이세 중 일좌를 아낌없이 내주었다. 일각에서는 한때 무명고검이란 이름을 무림의 절대좌인 쌍신에 견주기도 했다. 그만큼 단기간 그가 무림에 일으킨 풍운의 여파는 컸다.

그러나 무명고검은 세인들의 그 같은 기대를 비웃기라도 하듯 갑자기 무림에서 자취를 감췄다. 그동안의 비무행으로 얻은 절대급 고수들과의 대결 자격이나 명성을 조금도 아까워하지 않고 포기한 것이다.

그렇게 십여 년의 세월이 흘러……

지금 다시 적운의 입에서 등장한 이 위대한 이름 앞에 경황야의 침묵은 예상외로 길었다. 마치 자신의 과거를 떠올리기라도 하려는 듯 눈빛에 아련함이 깃들어 있다. 그러다 그의 호목에 강렬한 기운이 담겼다.

"무명고검의 검은 이미 십여 년 전에 스스로 검갑으로 돌아간 터. 만약 다시 세상에 모습을 드러내야 한다면 반드시 그에 합당한 이유가 있어야 할 것일세."

"말씀하신 대로입니다."

"말하게."

"무명고검이 꺾어야 할 상대는 음선 제갈약란입니다."

"검왕 모용척이 아니라?"

"현재 무림맹에 집결해 있는 정파 고수 중 최강은 이미 그녀입니다. 천사련과의 대전으로 명성 역시 드높아졌고요."

"확실히 그렇긴 하지."

미미하게 고개를 끄덕여 보이는 경황야에게 적운이 살짝 목청을 높였다.

"게다가 음선 제갈약란에게는 어떠한 사공이학(邪功異學)도 통용되지 않습니다. 그러니 그녀를 꺾을 수 있는 건 오로지 경황야께서 익히신 황천의 비학뿐일 것입니다."

"단지 그것뿐만이 아닐 테지. 자네 말대로 근래 음선 제갈약란은 천사련과의 대전에서 중추적인 역할을 담당해 정파 무림맹 내외에 성망이 드높아진 터. 만약 무림맹주 될 자가 그녀를 죽인다면 두고두고 후환을 남기게 될 거야."

"과연 대단한 통찰력이십니다. 사부님께서는 분명 그리 말씀하셨습니다."

"그렇다면 사부님께서는 이번 기회에 제갈묘재 역시 제거할 생각이실 테군?"

"그건……."

"곤란하다면 굳이 말할 필요 없네. 어차피 결정된 사항일 테니까."

"······."

다시 입을 다물고 침묵을 선택한 적운을 잠시 무심하게 바라보던 경황야가 천천히 고개를 끄덕여 보였다.

"알겠네. 사부님의 부탁을 내가 거절할 순 없는 일이지. 무명고검은 다시 검을 들 것일세."

"감사합니다!"

"하지만 그 전에 먼저 처리할 일이 있는 것 같군."

"예?"

적운의 눈에 의아한 기색이 떠오른 것과 동시였다.

스으―팟!

갑자기 경황야와 적운의 사이에서 범상치 않아 보이는 고검(古劍)이 모습을 드러냈다. 방금 전까지 경황야의 등 뒤에 장식처럼 자리 잡고 있던 검이 흡사 생명이라도 부여받은 것처럼 검갑을 벗어난 것이다.

단지 그것뿐일 리 없다.

고검의 이 같은 움직임은 새로운 시작을 알리는 전조였다.

우웅!

일순 고검이 눈부신 황금빛 검기에 휘감기더니, 맹렬한 기세로 공간을 가로질렀다. 맹렬히 당겨졌다 놓인 시위를 떠난 활처럼 방문을 꿰뚫고 밖으로 사라졌다.

이기어검술(以氣御劍術)!

경황야는 의지만으로 검을 조종해 수십 장 밖의 사람을 죽이는 초절기를 갑자기 발휘했다. 평범한 이유일 리 만무할 터.

스파앗!

촌각 사이 다시 방 안으로 돌아온 황금빛 고검에 시선을 고정시킨 채 경황야가 씁쓸한 고소를 보였다.

"잠시나마 적 사제를 오해했었군."

"무슨 말씀이신지……."

"오늘 적 사제의 뒤를 밟은 자의 무위는 이미 절대지경에 도달했다는 뜻일세. 자네의 무위가 비록 초절정의 경지를 이미 눈앞에 뒀다 하나 떨어뜨리긴 쉽지 않았을 것이야."

"……제가 꼬리를 달고 온 것이란 말씀이십니까? 아니, 그보다 그자가 절대지경의 무위를 지녔다는 것입니까?"

"그렇다고 봐야 할 테지. 내 황천고검의 일격을 피해 도망쳤으니까. 하지만 재밌군. 그만한 무위를 지닌 자가 이런 식으로 꼬리를 말다니 말야."

"……."

"뭐, 그렇게 심각한 표정을 지을 건 없네. 어차피 그자는 내일 떠오를 해를 볼 수 없을 테니까 말야."

"그건……."

"그냥 그렇게만 알게."

황족답달까?

줄곧 적운을 존중한 것과 달리 경황야는 냉정하게 말을 끊었다. 자신의 깊은 심중을 나누려 하지 않는 것이다. 아니면 뭔가 비밀이 있는 것일지도.

적운이 말했다.

"그럼 소인은 이만 물러가도록 하겠습니다."

"그러시게. 사부님께 안부 전해 주고."

"예."

*　　　*　　　*

천리표국을 벗어나 한동안 적운은 조금도 쉬지 않고 신형을 날려갔다.

유운신법!

천하에 오로지 무당파 진산 제자들만 펼칠 수 있는 절기를 아낌없이 발휘해 한시라도 빨리 천리표국과의 거리를 벌리려 했다. 마음 한구석이 찜찜했기 때문이다.

그러다 걸음을 멈췄다.

자의가 아니라 타의에 의해서였다.

문득 어두워진 주변!

그를 향해 쏟아져 내리던 달빛이 문득 그림자에 가려졌

다. 어둠 속에 자신을 가둬 버린 것이다.

구름, 아니다!

그런 자연 현상과는 관련이 없었다.

갑작스레 달빛 자체를 소멸시켜 버리는 존재가 등장한 까닭이었다. 비유하자면 비현실적일 만큼 거대한 어둠의 장막을 펼쳐서 광활한 야천의 대부분을 가려 버린 것처럼 말이다.

부들! 부들!

본능적으로 검파에 손을 가져가려던 적운의 상반신이 지진을 만난 듯 떨렸다. 초절정의 경지를 바라보는 검객이 발검조차 할 수 없는 꼴이 되어 버린 것이다.

공포? 두려움?

그런 것을 월등히 뛰어넘는 감정이다.

더욱 근원적이며, 원시적이다. 일시 어떠한 것도 할 수 없을 만큼 쪼그라들고 말았다.

그렇다.

천적(天敵)이다!

적운이 지금 이 순간 휘말린 본능적인 충격을 굳이 표현하자면 그러했다. 절대로 이길 수 없고, 상대할 수 없고, 따라서 필연적으로 살해당하고, 먹히고 마는 상대!

그런 천적을 만난 것이다.

그것도 도망칠 가능성이 전혀 없는 외통수로 말이다.

그 끔찍한 충격에 노출된 상태로 적운이 할 수 있는 일은 그저 몸을 떠는 것밖에 없었다. 천적에게 목덜미를 물어 뜯겨서 심장이 한시라도 빨리 멎기를 기대할 수밖에 없었다. 그 외엔 어떠한 선택지도 없을 만큼 사유가 고정되어 버렸다.

잠시뿐이었다.

그저 찰나에 불과할 따름이었다.

흠칫!

곧 야천을 가렸던 어둠의 장막이 사라졌고, 은은한 달빛이 적운의 머리 위로 은은하게 떨어져 내렸다. 마치 아무런 일도 없었던 것처럼 그런 극적인 반전을 이뤄 냈다.

'……도대체 무슨 일이 있었던 것이지?'

적운이 손끝으로 검파를 가볍게 건드리며 눈살을 찌푸려 보였다.

더 이상 그는 떨지 않았다.

평상시와 다름없이 명쾌하고 잘 정돈된 한 자루 검 같은 모습으로 돌아왔다. 당장 검을 뽑아서 근래 상당한 진보를 이룬 태극혜검의 절초를 마음껏 펼칠 수도 있을 터였다.

하지만 그것만으로 마음속의 의문이 사라질 리 만무할 터.

혼란은 여전히 남아 있었다.

불가사의(不可思議)!

그야말로 전혀 설명이 불가능한, 수수께끼 같은 혼란 말이다.

그래서 적운은 발검에 대한 미련을 거두고 고개를 들어 달을 올려다봤다.

역시 예상대로다.

평상시와 변함없이 달은 그 자리에 자리 잡고 있었다. 전혀 변한 것이 없었다.

'역시 단순한 착각이었던 것일까? 아니, 지금의 나로선 그렇게 생각할 수밖에 없는 것일 테지…….'

현명한 자는 결단이 빠르다.

사고의 전환 역시 마찬가지다.

자신의 현 상태, 수준을 빠르게 판단 내린 적운이 곧 불가사의에 대한 집착으로부터 벗어났다. 머릿속 한켠으로 밀어내 버렸다. 그렇게 붕괴할 수도 있었던 자아를 보호했다.

그때 멀리서 울려 퍼지기 시작한 삼경을 알리는 북소리!

둥! 둥! 둥!

사부 신산진인이 기다릴 거란 사실을 떠올리고 적운은 다시 유운신법을 펼쳤다. 방금 전보다 조금 빠르게, 허나 조금 떨림이 남은 걸음으로 달빛 속에 녹아들어 갔다.

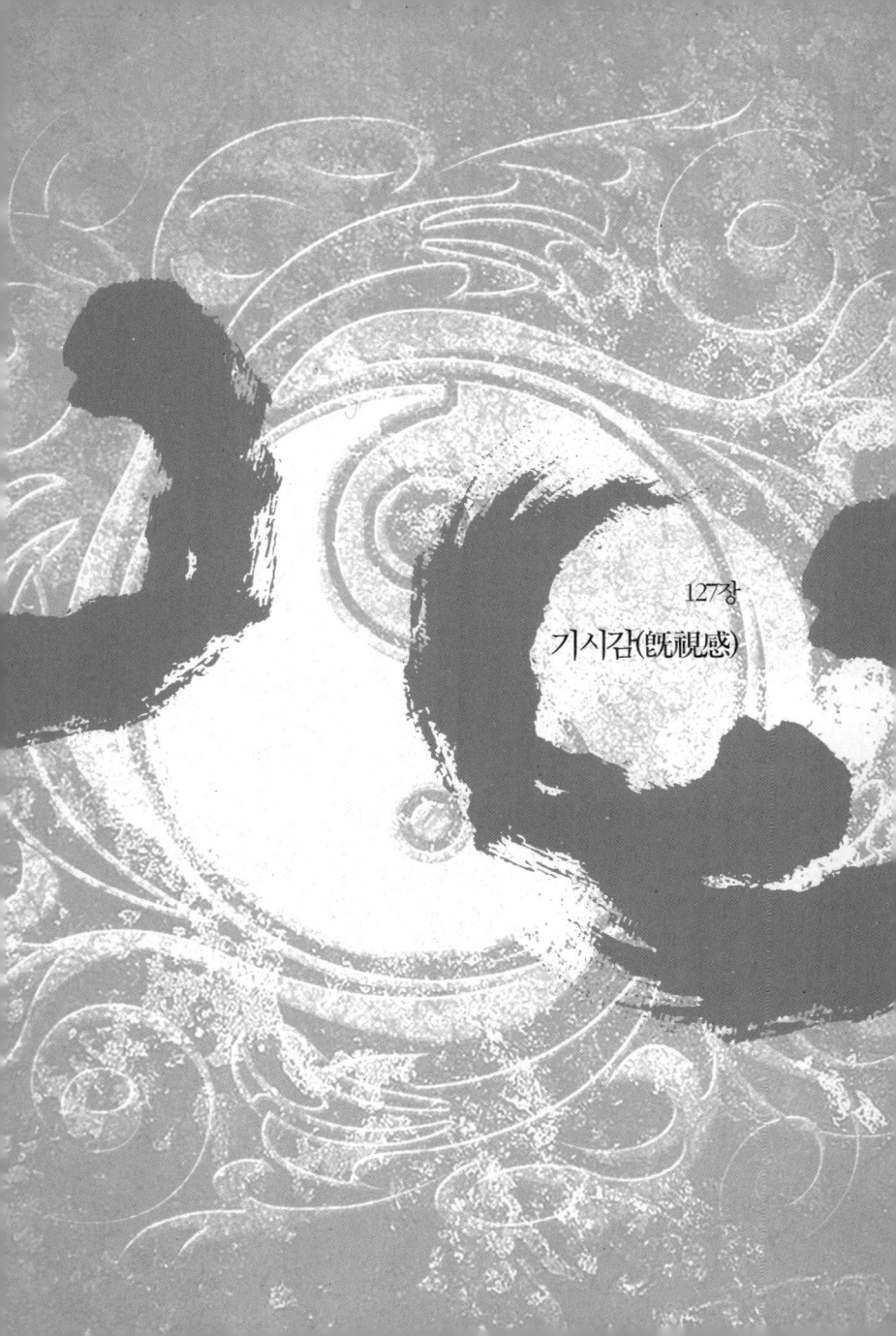

127장

기시감(旣視感)

펄럭! 펄럭!

소진엽은 바람에 가볍게 흔들리고 있는 자신의 옷자락을
바라보며 눈살을 가볍게 찌푸렸다.

느닷없이 허를 찔렸달까?

순식간에 날아든 황금빛 이기어검은 소진엽의 가슴을 직
격했다. 정확하게 심장을 노리고 파고 들어와 커다란 구멍
을 뚫어 놓으려 했다.

그러나 태극무한신공 역시 놀고만 있진 않았다.

찰나간, 공간을 가로지른 황금빛 이기어검을 태극무한신
공은 자연스럽게 막아 냈다. 대기 사이에 부드럽게 녹아들

어 있던 기운이 흡사 수만 개나 되는 거미줄처럼 찐득하게 황금빛 이기어검을 휘어 감았다. 꽁꽁 에워싸서 쾌속한 진격에 작은 틈을 만들어 냈다.

그렇게 만들어진 미세한 차이!

소진엽이 생명을 구하기엔 충분했다. 심장에 구멍이 뚫리기 직전, 단천뢰심강을 날려서 황금빛 이기어검을 튕겨 낼 수 있었기 때문이다.

그로 인해 남은 선택지는 단 두 개뿐.

— 싸우거나, 피하거나!

소진엽은 후자를 선택했다.

불끈 가슴속 깊숙한 곳에서 치솟아 오른 혈기를 억누른 채 이성적인 판단을 내렸다. 자신에게 승산이 없다는 걸 깨달았기 때문이었다.

결정을 내렸으면 한 치의 망설임도 존재해선 안 된다.

그는 곧바로 천리표국을 떠났다.

주저 없이 전력으로 도주해서 지금 홀로 야풍 속에 서 있었다.

'어째서……'

볼품없이 찢어진 채 바람에 휘날리고 있는 옷자락을 바라보는 소진엽의 머릿속에 비로소 의문이 떠올랐다.

필시 이성에 따랐다고 생각했다.

그래서 혈기를 억누른 채 도망쳤다.

그런데 이상하다.

오히려 당시 이성은 마비되었던 것 같다. 이제 그 마비가 풀리자 머릿속을 온통 메운 건 혼란스러움이었다. 이성으로 어찌해 볼 수 없는 복잡한 심경이었다.

그렇다면 치솟아 오르던 혈기를 찍어 누른 건 무엇이었을까?

본능!

본능이다!

그동안 소진엽을 몇 차례나 구해 준 적이 있었던 최고의 구명절초(求命絶招)가 소리쳤다. 피하라고! 절실한 위험이 다가왔다고! 지금 당장 도망가야 한다고!

'……그게 궁금한 거다. 도대체 뭐가 날 이렇게까지 공포스럽게 한 것이란 말이냐? 혹시 그건가? 내 태극무한신공을 미세하게 흔들어서 허점을 드러내게 했던 그 기묘한 기운인가?'

확실치는 않다.

그냥 일종의 감이었다.

그러나 소진엽은 생각하면 할수록 확신할 수 있었다. 경황야란 자가 갑작스럽게 자신의 정체를 눈치챈 이유. 철두철미하게 자신을 주변의 대기 속에 녹아들게 했던 태극무한신공에 허점을 만들어 낸 이질적인 기운이 존재한다는 것을.

그렇다면 이제 고민은 끝났다.

하나로 모든 것이 귀결되었기 때문이다.

'역시 지금부터 가장 중요한 건 생존이겠지? 내가 내린 결론이 맞다면 말야!'

그 같은 뇌까림과 동시였다.

방금 전까지 자신의 찢어진 가슴팍을 향해 있던 소진엽의 시선이 갑자기 돌려졌다.

무언가를 느껴서가 아니다. 그냥 자신의 본능에 순응한 것이었다.

"역시……!"

소진엽이 나직한 탄성을 발했다. 마치 기다리고 있었다는 듯 십여 장 밖에 존재하고 있는 장대한 그림자의 정체를 확인한 까닭이었다.

대략 구 척가량 정도 될까?

전달되어 오는 존재감은 그보다 훨씬 크다. 흡사 태산이 갑자기 눈앞에 떨어져 내린 것만 같다.

더 놀라운 점이 있다.

어떻게 이런 무시무시한 기세를 지닌 자가 여태까지 아무런 기척조차 없었던 건지 이해할 수 없었다. 지금 느껴지

는 태산 같은 존재감을 접하고 보니 기가 막힌다는 생각밖
엔 들지 않는다.

잠시뿐이었다.

곧 소진엽은 더욱 큰 정신적인 충격을 받았다. 문득 천지
를 어둠 속에 몰아넣었던 장대한 그림자의 머리 위로 한 줄
기 달빛이 떨어져 내린 까닭이었다.

"사부…… 님?"

익숙한 얼굴이다.

너무나 익숙하고 생경한 얼굴이다.

— 신마대제 담대광!

그 갑작스런 존재의 등장에 소진엽은 입을 가볍게 벌렸
다. 가까스로 회복했던 이성이 완전히 머릿속에서 날아가
버렸기 때문이다.

그런데 이상하다!

미칠 정도로 이상하다!

느닷없이 현세에 모습을 드러낸 담대광에게서 단 한 점
의 생기도 느껴지지 않아서였다. 무지막지한 존재감을 발
산하고 있음에도 불구하고 말이다.

결국 전력을 다해 담대광과 접속을 시도하던 소진엽이

갑자기 버럭 소리 질렀다.

"아니, 당신은 사부님이 아니다! 최소한 내가 알고 있는
사부님은 아니야!"

"……."

담대광은 대답하지 않았다.

대신 흡사 석상처럼 소진엽을 응시하고 있던 그의 전신
에서 검은 장막이 천지를 뒤덮기 시작했다.

거대한 독수리가 날개를 활짝 펼친 듯!

그렇게 자신의 몸을 이루고 있던 검은 기운을 끝 간 데
없을 만큼 확장시켰다. 소진엽까지 뒤덮어 버릴 만큼 말이
다.

"씨발! 사부, 진짜 해보자는 거요?"

"……."

소진엽이 욕설을 내뱉었고, 담대광은 여전히 말이 없었
다. 그리고 그 순간, 대지가 미친 듯 뒤흔들리기 시작했다.
흡사 천지개벽이라도 일어난 것처럼 말이다.

                    *   *   *

"……쿠웨에에에엑!"

느닷없이 입에서 피를 꾸역꾸역 쏟아 내며 절명한 모산
파(茅山派)의 도사를 앞에 둔 설중매가 눈살을 가볍게 찌푸

려 보였다.

여전히 면사로 가려진 얼굴.

평생에 걸쳐 무수히 많은 대사를 경험한 바 있던 철혈의 눈빛이 지금 기묘한 파랑을 일으키고 있다. 술법으로 이름 높던 눈앞의 모산파 도사가 피를 쏟고 절명한 까닭을 대충 짐작할 수 있었기 때문이다.

'이로써 천사련에 구축해 놨던 모든 비선 조직이 사라졌구나! 하지만 어째서 지금이지?'

설중매!

인근 하오문의 실질적인 수장인 그의 진정한 정체는 황천의 마지막 힘이라 일컬어지는 황천비영의 항주 총책임자였다. 평상시 항주에서 무림맹을 감시하는 게 주 업무였으나 근래엔 오히려 천사련 쪽에 신경을 집중시키고 있었다. 그들 세력의 근원이라 할 수 있는 천사도의 강남 확산이 심상찮을 만큼 빠르고 파괴적이었기 때문이다.

당연히 가장 신경 쓰이는 건 역천!

황천에 반기를 들고, 황조를 뒤엎는 것이었다.

그래서 무림에서 가장 강력한 마교와 정파 무림맹, 무당파 등을 노골적일 만큼 감시하고 있었다. 약간의 허점이나 명분만 주어진다면 당장에 대군(大軍)을 일으켜 쓸어버리기 위함이었다.

실제로 당금 천하의 주인인 황제는 천명을 얻은 순간부

터 줄곧 그런 의중을 내보이곤 했다. 과거 황제를 폐위시킨 무당파의 천하제일인 태극무검선제의 예를 언급하며 무림 세력에 대한 탄압을 획책해 왔다.

하지만 국경선이 불안정해진 지 오래였다.

장성 이북과 해안선 방면에서 이민족의 침입이 계속되고 있었다.

무림 세력에 대한 일제토벌령을 내리긴 쉽지 않았다.

명분이 필요했다.

천하인이 공감할 만한 확연한 반역의 증거가 필요했다. 황제라 해도 그건 어쩔 수 없는 일이었다.

그래서 황제는 태조(太祖) 시절부터 은밀하게 암약하고 있던 황천비영에 대한 지원을 강화했다. 무림 세력 곳곳에 요원들을 침투시켜서 분란을 조장하고, 반역에 대한 증거를 수집해 왔다. 그렇게 수십 년 전 벌어진 마천대전의 불씨를 다시 되살려 내기 위해 노력했다.

그러나 갑자기 엄한 곳에서 분란의 싹이 텄다.

전화의 꽃!

난(亂)의 씨앗이 신경을 집중해 온 마교나 정파 무림맹이 아니라 강남의 변방, 황산에서 피어났다. 오래전 자취를 감췄던 도가의 일맥, 천사도를 표방한 사교 천사련이 욱일승천한 기세로 강남 일대에서 세력을 확장시키기 시작한 것이다.

'더욱 뼈아픈 점은 최초, 황천비영에서 천사련의 세력 확장을 방관 내지는 도왔다는 것이다. 그들의 세력을 키워서 마교와 정파 세력을 압박하는 것까진 좋았는데, 설마 진짜로 역천을 꿈꾸게 될 줄이야!'

예상을 넘어선 일이었다.

천사련이 세력을 일으킨 곳이 정파세가 강력한 강남이었기에 더욱 그러했다.

그래서 황천비영의 항주 총책임자인 설중매는 부랴부랴 천사련에 사람을 심기 시작했다. 온갖 재물과 노력을 기울여서 천사련의 핵심부로 황천비영의 세력을 확장시켜 갔다.

그런데 방금 전 그동안의 모든 노력이 수포로 돌아갔다.

눈앞에서 피를 토하고 죽은 모산파 도사!

천사련의 핵심부에 침투해 있는 황천비영의 비선과 연결되어 있는 최후의 끈이었다. 모산파에서도 첫손에 꼽힐 만큼 탁월한 그의 술법을 통해서 여태까지 극단적일 만큼 폐쇄적인 천사련 핵심부에 침투한 조직원과 정보를 교환할 수 있었다.

당연히 그가 피를 토하고 죽은 건 천사련 핵심부에 침투한 조직원이 꼬리를 밟혔음을 의미한다. 지독한 고문 끝에 천사련에 침투한 비선 조직 대부분이 괴멸했음이 분명했다. 그러지 않고선 모산파 제일인 고위의 도사를 죽음에 몰아녕을 정도의 주술(呪術)이 되돌아왔을 리 만무한 까닭이었다.

그렇다면 이제 신경 쓸 건 퇴로 확보였다.

주술이 되돌아왔다는 건 이미 모든 게 들통 났다는 뜻.

곧 황천비영의 항주 거점인 루외루로 천사련의 반역도들이 몰려올 터였다. 한시 바삐 황천비영과 관련된 모든 정보를 소각한 후 점조직 모두를 폐쇄해야만 했다.

한데 그 같은 생각과 함께 루외루의 비밀 서고에서 빠져나가려던 설중매의 눈에 이채가 스쳐 갔다. 갑자기 지진이라도 일어난 것처럼 비밀 서고 전체가 뒤흔들리기 시작한 까닭이었다.

아니다.

지진이 일어난 건 비밀 서고뿐만이 아니었다.

루외루 전체!

아니, 그보다 더 큰 영역에 걸쳐서 지진은 맹위를 떨쳤다. 천 년의 고도인 항주 전체를 통째로 집어삼켜 버린 것이다.

'이건 또 뭐야?'

설중매의 뒤를 따르며 흥미진진한 표정을 짓고 있던 담대광이 슬쩍 인상을 썼다.

언젠가부터였을까?

그래, 정확히 비밀 서고에서 모산파 도사가 피를 토하고 죽었을 때부터다. 그게 시작이었다.

모산파 도사에게 돌아온 주술!

꽤 익숙했다.

과거 숭산에서 파불 소림신승과 싸우던 중 경험한 바 있는 종류였다. 천하에 두려울 게 없던 그에게 정신적인 타격을 입히고, 활짝 입을 벌린 연옥으로 끌어들인 기운을 다시 만났다.

불쾌한 심경!

급작스럽게 고개를 치켜든 짜증스러움에 담대광은 일순 폭발할 뻔했다. 다시 떠올리기 싫은 과거의 기억이 낱낱이 되살아나서 그를 미치게 만들었다.

하물며 그것으로 끝이 아니었다.

오히려 시작에 가까웠다.

설중매가 신형을 돌린 순간 연옥이 다시 입을 벌렸다. 파불 소림신승의 도움으로 그곳을 벗어난 담대광을 잡으러 온 것처럼 무시무시한 마력을 쏟아 냈다.

아니다.

비슷하지만 다르다.

오히려 정반대의 경우인 것 같다.

연옥은 분명히 다시 열렸으나 담대광을 붙잡아가기 위함은 아니었다. 그곳에 존재하는 마력 그 자체가 구체화된 존재가 현실 세계에 모습을 드러냈을 따름이었다.

그리고 그때 담대광과 접속을 시도한 소진엽의 다급한 목소리가 들려왔다.

'사부! 어디 계시는 겁니까! 당장 와서 하나밖에 없는 제자 좀 살려 주십시오!'

[다 큰 녀석이 우는 소리 하기는!]

'씨발! 사부, 진짜 해보자는 거야?'

[이놈이 미쳤나?]

담대광이 소진엽에게 버럭 화를 내다가 깨달았다. 지금 접속을 시도하는 게 자신이 아니라는 걸 말이다.

그럼 누굴까?

어떤 상황이 벌어진 것일까?

의문은 그리 길지 않았다. 또다시 천지를 뒤흔드는 지진이 일어났고, 담대광은 루외루의 비밀 서고에서 자취를 감췄다. 본래 세상의 이치가 그러하듯 현세에 등장한 자신의 육체로 혼백이 빨려 들어간 것이다.

"우와아아아!"

"우와아아아!"

갑작스런 지진에 떠밀려 서가에 손을 짚은 설중매의 눈살이 가볍게 찌푸려졌다.

지진과 거의 동시에 들려오기 시작한 은은한 함성!

가슴 한켠을 서늘하게 한다.

생각보다 일찍 천사련의 야습이 시작되었다는 판단이었다.

'이 정도 허를 찔렸다면 명객이 이끄는 명부귀살로는 감당할 수 없는 지경이라 판단하는 게 옳을 테지?'

냉정한 판단 속에 한 가닥 아쉬움이 스쳐 간다.

명객을 오른팔로 삼기 위해 그가 들인 공은 결코 작지 않았다. 그와 명부귀살의 살수들을 한꺼번에 포기한다는 결정은 심장을 쪼개 내는 것만큼 뼈아팠다.

하지만 본래 정보계란 비정하다.

황천비영의 최고 수뇌부 중 한 명답게 설중매는 금세 냉정을 회복하고, 비밀 서고 곳곳에 불을 붙였다. 명객과 명부귀살 살수들이 침입자들을 막아 내는 사이 황천비영의 정보를 모조리 없애고 홀로 비밀 탈출구로 도주하기로 마음먹은 것이다.

*   *   *

"으헉!"

소진엽은 비명을 질렀다.

갑작스럽게 향주를 덮친 지진에 놀라서가 아니었다.

그런 건 안중에도 두지 않았다.

지붕이 덮인 장소도 아니고, 땅이 살짝 흔들리는 정도에 신경 쓸 이유가 없었기 때문이다.

그러니 그에게 비명을 강요한 건 담대광임이 자명하다.

그가 지진과 동시에 일으킨 어둠의 장막이 소진엽의 태극무한신공을 단숨에 압도해 왔다. 단숨에 더욱 거대한 영역으로 확산되더니 살아 있는 생명체처럼 꾸역꾸역 공간을 먹어 들어왔다. 마치 보이지 않는 이빨을 지닌 괴수처럼 공격해 왔다.

당연히 소진엽은 반격에 나설 수밖에 없었다.

언제나와 마찬가지로 자연스럽게 대기와 하나가 된 태극무한신공이 격렬한 반발을 일으켰다. 자신을 공격해 온 거대하고 흉폭한 괴수를 향해 빛의 검을 마구 휘둘러 댔다. 놈의 날카로운 이빨에 무수히 많은 검격을 날려 댔다.

그러나 괴수의 이빨은 너무 많았다.

태극무한신공의 검날이 아무리 날카롭더라도 한계가 있었다. 상대가 되지 않았다. 마구 공간을 빼앗기고, 떠밀렸다. 삽시간에 승부의 추가 기울어져 버렸다.

그렇게 급격히 축소되어 버린 공간!

이렇다 할 반격 한 번 해 보지 못하고 극단적인 상황으로까지 떠밀린 소진엽의 전신에서 푸른색 뇌광이 터져 나왔다. 순간적으로 태극무한신공을 거두고 단천뢰심강을 폭발시킨 것이다.

번쩍!

암천을 가르는 천공의 뇌전!

어둠 속의 장막에 숨어 있던 괴수의 움직임을 잠시나마 멈추게 한다. 넓게 퍼져 있던 태극무한신공의 기운을 단천뢰심강에 집중시킨 결과였다.

물론 그것은 시작에 불과했다.

슥!

그렇게 만들어진 작은 공간 속으로 소진엽이 지체 없이 뛰어들었다.

제운종!

그러나 변화 속에 또 다른 변화가 숨어 있다.

일보단천지로!

그리고 신마군림보의 변화를 몇 가지나 포함시켰다. 방금 전 단천뢰심강으로 만들어 낸 작은 틈 사이로 온몸을 내던져 어둠의 장막 속에 숨은 괴수를 향해 뛰어들었다.

당연히 격렬한 반발이 뒤따랐다.

수십?

아니, 그 수백 배에 달하는 괴수의 이빨이 소진엽을 물어뜯기 위해 날아들었다. 극단적일 만큼 응축되어 몸을 보호하고 있던 태극무한신공의 호체진기를 종잇장처럼 찢어발기며 파고 들어왔다.

하지만 용케도 피해 낸다.

그 엄청난 이빨의 난도질을 소진엽은 거진 간발의 차로 피해 냈다. 겉가죽에 난 몇 개의 상처만으로 뚫어 버렸다. 뒤로 완전히 제쳤다.

그렇게 흑막 속에 숨은 괴수의 본체와 대면했다.

담대광!

그에게 모든 걸 가르쳐 준 사부의 진체 앞에 도달한 것이다. 간격을 극단적으로 좁힌 채로 말이다.

움찔!

망설임은 짧았다.

순간 기다렸다는 듯 담대광에게서 무시무시한 기세가 일어났다. 방금 전까지 소진엽을 압도했던 어둠의 장막이 놀랍게도 응축되었다가 폭발을 일으킨 것이다.

그러나 소진엽은 당황하지 않았다.

스스스스스스슥!

그는 차분하게 자신의 신형을 분신시켰다. 신마군림보를 이용해 지척에서 밀어닥친 폭발적인 기세의 공격을 회피하는 데 성공했다.

그럴 수밖에 없다.

담대광이 순간적으로 펼친 건 신마절기인 지존천강력이었다. 오랫동안 궁구했음에도 감히 근처조차 도달하지 못했던 희세의 신마공, 그 진수와 맞닥뜨리고 만 것이다.

그 위력은 가히 공포, 그 자체!

그러나 소진엽은 담대광에게 이미 신마절기를 전수받은 상태였다. 완전한 형태의 지존천강력에 일순 기가 질렸으나 자신의 몸을 지키는 데는 문제가 없었다.

착각이었다.

아주 잘못된 판단이었다.

곧 지존천강력이 새로운 변화를 일으켰다.

쿠오오오오오!

천지가 진동을 일으킨다. 대기가 울부짖는다. 그리고 생사의 경계마저 희미해져 간다.

지존천강력의 진체!

파악했다고 여긴 순간이야말로 오히려 시작이었다.

곧 마치 기다렸다는 듯 지존천강력은 폭발적인 힘을 발휘했다. 점차 피투성이로 변해 가고 있는 소진엽을 향해 무섭게 울부짖었다.

무시무시했던 첫 번째!

그에 이은 두 번째 대폭발을 목전에 둔 것이다.

'무섭다! 하지만 여기서 물러설 수는 없다! 한번 일어나면 절대 뒤로 물러나는 법이 없고 깨부수지 못할 것이 없는 것이 바로 신마절기니까!'

불퇴전의 패도!

맨 처음 지존성마검과 지존천강력의 양대 신마절기를 전수받을 당시 마음속에 새겨 넣은 심득이었다. 가르침이었다. 잊어버렸을 리가 없다.

그렇기에 소진엽은 오히려 앞으로 나섰다.

먼저 뛰어들었다.

지존천강력의 두 번째 폭발을 기다리지 않고 그 핵을 공격해 들어갔다.

태극무한신공으로 호신하고, 단천뢰심강으로 때린다.

공격의 첨병은 태극혜검!

보법은 신마군림보. 연속되는 공격의 고리를 이루는 건 일보단천지로의 심결.

그야말로 톱니바퀴처럼 맞물린 움직임으로 지존천강력의 두 번째 폭발을 억눌렀다. 마치 처음부터 약속이라도 했던 것처럼 그리했다. 한 치의 망설임도 없이 자신의 모든 것을 쏟아 냈다. 마치 오래전 봉황선부에서 사부 담대광의 지도하에 대련을 벌였던 것처럼 말이다.

목적은 단 하나!

그는 눈앞 담대광의 존재를 배제하고 간명하게 지존천강력에만 집중했다. 오랫동안 궁구해 왔던 그 희세의 신마공을 파훼하는 것에 자신의 모든 걸 쏟아 부었다.

일종의 무아지경!

착란 상태나 다름없었다.

오랫동안 완전무결하다고 여기고 있던 신마공을 깨뜨리기 위해서 서슴없이 무인의 금기를 범했다. 다른 무공이나 변초의 발생 요인을 머릿속에서 깨끗이 지워 버렸다.

그래서였을 것이다.

언제부턴가 소진엽은 소리를 질러 대기 시작했다.

"너는 신마대제가 아니다!"

"……"

"신마대제의 겉껍질을 한 괴물일 뿐이다!"

"……"

"그러니 죽이겠다! 사부님을 대신해 너라는 괴물을 없애 버리고 말 것이다!"

"……"

한마디씩 부르짖을 때마다 소진엽은 지존천강력의 범위를 조금씩, 조금씩 줄여 갔다. 이 차 폭발의 유발 요인을 줄이면서 점차 담대광과의 간격을 좁혀간 것이다. 그런 식으로 승기를 조금씩이나마 자신 쪽으로 끌어당겨 왔다.

언제부터였을까?

소진엽의 사투를 지켜보고 있는 또 한 명의 담대광이 있었다.

얼마 전 루외루의 비밀 서고에서 소환된 그는 일시지간 심각해져 있었다. 제자 소진엽을 죽이려 하고 있는 실체화된 자신의 모습에 당황하고 말았기 때문이었다.

어떻게 이런 일이 벌어진 것일까?

사실 가장 궁금한 건 담대광 본인이었다. 연옥에서 파불 소림신승과 함께 있어야만 할 자신의 진체가 등장한 것에 무한한 신비로움을 느꼈다.

잠시뿐이었다.

곧 그는 평상시처럼 냉철함을 회복했다. 어떻게 이런 말도 안 되는 일이 벌어졌는지 알아낸 것이다.

'푸헐! 날 연옥으로 날려 버렸던 놈들의 짓이로구나! 놀랍게도 나 신마대제 담대광에게 또다시 엿을 먹인 게야!'

생각해 보면 확실해진다.

보낼 수 있다면 되돌아오게도 할 수 있을 터였다. 물론 눈앞에 일종의 불사강시화 된 진체의 모습에서 알 수 있듯 몇 가지 금제를 가해서 말이다.

그렇다면 한 가지 궁금해진다.

파불 소림신승의 안위!

담대광을 위해 기꺼이 자신을 희생했던 그의 진체가 어찌 되었는지가 신경 쓰였다. 눈앞에서 지금 당장이라도 제자 소진엽을 죽일 것 같은 자신의 진체와 마찬가지로 말이다.

그래서 그는 선택했다.

'그러니 여기선 어쩔 수 없이 내가 나설 수밖에 없겠군. 저 멍청한 제자 녀석이 무학의 금기를 어긴 것도 부족해 나와 동귀어진(同歸於盡)이라도 하려고 날뛰기 전에 말야.'

내심의 중얼거림과 동시였다.

슥!

담대광이 자신을 향해 신형을 날렸다. 연옥에서 파불 소림신승의 도움으로 분리시킨 영육의 일체화에 들어간 것이다. 자신 앞에 기다리고 있을 불안한 미래를 전혀 염두에 두지 않고서 그리했다.

번쩍!

문득 담대광의 눈에 마안이 자리 잡았다.

마신마체를 이뤘을 때와 비슷하다.

소진엽은 느닷없이 접하게 된 담대광의 마안에서 그 같은 기시감을 느꼈다.

그리고 머릿속에서 폭발적으로 울려 퍼진 일갈!

[정신 차려, 이 얼간아!]

'…….'

접속이 아니다.

오히려 불가의 혜광심어에 가까웠다. 그런 생생한 일갈이 머릿속에서 샘솟아서 반무아지경, 반광란 상태였던 소진엽의 이성을 돌아오게 했다.

그와 함께였다.

파팟!

문득 이 차 폭발을 앞두고 있던 지존천강력을 거둔 담대광이 가볍게 손가락을 튕겨 냈다.

평범한 지풍!

그러나 이어 벌어진 결과는 그야말로 놀라웠다. 전혀 평범하지 않았다. 순식간에 소진엽 앞에 도달한 지풍이 모든 것을 건 그의 공격을 간단히 무위로 돌려 버렸다.

흡사 커다란 강에 돌 하나가 떨어졌는데 강물이 갈라지고 강바닥이 드러나는 것 같은 불가해한 현상이었다.

그렇게 소진엽은 담대광에게 떠밀렸다. 눈앞에서 다시 자신과의 간격을 벌리는 걸 그냥 지켜봐야만 했다. 여전히 공격을 가하고 있던 상황이었음에도 그리되었다.

부아앙!

그와 함께 다시 지풍이 변화를 보였다. 거대한 손으로 몸을 키워서 단숨에 소진엽의 뒷덜미를 낚아챘다. 그리고 전설 속의 거령신장처럼 사정없이 땅바닥에 집어 던졌다.

"으아악!"

소진엽이 비명과 함께 땅거죽 깊숙이 처박혔다.

이번 역시 기시감이 든다.

조금 더 오래전이다.

처음으로 담대광을 만났던 숭산에서와 같이 아무것도 해보지 못하고 지존천강력에 당해 버린 것이다.

그리고 천지를 뒤흔든 마성의 울부짖음!

"우오오오오!"

잠시 자신에 의해 땅속 깊숙이 파묻힌 소진엽 쪽을 바라본 담대광이 마신의 날개를 닮은 어둠의 장막을 활짝 펼쳤다. 어떤 부정하고 사악한 것들이든 두려워하게 만들 공포의 마신이 되어 하늘로 날아오른 것이다.

*　　　*　　　*

청빈각.

천무지회를 앞둔 무림맹에 머물고 있는 무당파 장문인 신산진인의 거처 위로 하얀 달이 떠올랐다.

전대 천하제일문파, 무당파의 장문인 거처답다 할까?

청빈각에 조성된 정원에는 작은 가산과 연못까지 마련되어 있었다. 내당의 중심부로부터 조금 떨어져 있기는 하나 조용하고 은밀한 것이 은자가 머물기에 부족함이 없는 장소라 할 만하다.

물론 어디까지나 총군사 제갈묘재의 표현일 따름이었다.

중원의 지배자인 황제로부터 배척을 당해 오랫동안 반봉문 상태였던 무당파의 무림맹에서의 입지는 그리 좋지 못했다. 어쩔 수 없이 받아들이긴 했으되, 다른 각대문파와 강남문파연합이 중심이 된 현 무림맹의 주류들에게 은연중 외면당하고 있는 형편이었다.

하긴 누가 찬동할 수 있겠는가.

기시감(旣視感) 217

황제에게 배척당하는 문파 장문인의 무림맹주 도전을 말이다.

그런 까닭에 파격적인 첫 등장서부터 지금까지 신산진인과 무당파 제자들의 배후에서는 온갖 억측과 뒷담화가 난무했다. 대놓고 무당파 제자들에게 시비를 걸지는 않았으나 은연중 따돌리고 무시하는 자들까지 있을 정도였다.

그런 하루가 또 지나가고 있을 무렵이었다.

연못 위로 빼꼼히 고개를 치켜든 달.

그 밝은 기운을 바라보며 야풍에 자신의 몸을 내맡기고 있던 신산진인 배후에 복면인 하나가 떨어져 내렸다. 얼마 전 천리표국을 떠나온 적운이었다.

신산진인이 신형을 돌리지도 않고 입을 열었다.

"갔던 일은 잘 끝났느냐?"

적운이 고개를 숙여보였다.

"황야의 허락을 받았습니다."

신산진인이 미미하게 고개를 끄덕여 보였다.

"수고했구나."

"한데……."

적운이 잠시 머뭇거리다 말을 이었다.

"……이변이 있었습니다."

"이변?"

"예, 제자가 불민하여 경황야를 접견할 때 꼬리를 밝혔습니다."

"처리는?"

"경황야께서 말씀하시길 그자는 내일 떠오를 해를 보지 못할 거야 하셨습니다."

"무량수불!"

신산진인이 나직이 도호를 외웠다. 그러자 다시 머뭇거리던 적운이 결심한 듯 입을 열었다.

"이변은 그것뿐만이 아닙니다."

"말해 보거라."

"경황야를 떠나 이곳으로 향하던 중, 제자, 끔찍한 경험을 했습니다."

"지진을 말하는 것이냐?"

"지진과는 관계가 없습니다."

"하면?"

그제야 신산진인이 적운 쪽으로 신형을 돌려세웠다. 몇년 사이 묘하게도 늙어서 만면에 주름이 가득하고, 머리와 수염 역시 파뿌리처럼 변했다.

그 같은 변화가 마음의 병 때문임을 알기에 적운이 고개를 살짝 숙여 보였다. 오로지 사문의 중흥을 위해 지옥 속으로 뛰어든 사부 신산진인에게 한때 흔들렸던 자신의 마음을 들킬까 봐 겁을 먹은 까닭이었다.

심호흡을 가다듬고 떨리는 눈빛을 바로 한 그가 입을 열었다.

"제자가 만난 이변은 극심한 공포감이었습니다."

"공포감?"

"예, 제자는 이곳으로 향하던 중 흡사 막다른 장소에서 천적을 만난 듯한 공포감에 온몸이 얼어붙는 것 같았습니다. 그건 어쩌면 심마(心魔)가 아니었을까 생각됩니다."

"천사련의 사공(邪功)을 익혀서 심마가 왔다고 생각하는 것이더냐?"

"그렇습니다. 제자, 무당파의 정종절학을 익히는 동안, 단 한 번도 이와 같은 느낌을 접한 바가 없었습니다."

"그렇다면 버려라!"

"예?"

"네가 그리 생각한다면 지금 이 시간부로 천사백안을 버리면 된다는 뜻이다. 단! 그로 인한 고통 또한 감수해야만 할 것이니라."

"기꺼이 감수하겠습니다!"

"그게 네 두 눈일지라도 그리하겠느냐?"

"두, 두 눈을 모두 포기해야만 한다는 것입니까?"

"물론이다. 네 천사백안은 안구 속에 각인돼서 죽는다 해도 절대 지워지지 않을 테니까."

"……."

"어리석은 놈! 그만한 각오도 없이 내게 그런 말을 꺼낸 것이더냐? 이 사부와 네 양 어깨에 무당의 명운이 걸려 있거늘!"

"죄, 죄송합니다."

"알았으면 그만 물러가도록 하거라. 곧 총군사가 사람을 보내올 터인즉."

"예……."

침울해진 대답과 함께 적운이 고개를 숙여 보이고 야천으로 신형을 뽑아 올렸다.

무당파가 자랑하는 진무각의 태극검수이자 대사형!

그러나 지금은 단지 무당파의 숨겨진 검으로 살아야만 하는 운명이었다. 같은 무당파의 사형제들과 함께할 수 없고, 해서도 안 되는 몸인 것이다.

'운아…… 너는 심마에 든 것이 아니라 무공이 더욱 진보한 것이니라. 그만한 악기(惡氣)는 범인(凡人)이 느낄 수 있을 만한 종류의 것이 아니었으니까 말야.'

잠시 적운이 떠나간 야천을 바라보던 신산진인이 청빈각 쪽으로 신형을 돌려세웠다. 총군사 제갈묘재가 사람을 보내길 기다리기 위함이었다.

같은 시각.

지진의 기미를 느끼고 평소보다 일찍 침소에 들었던 제갈약란은 거처를 빠져나와 정원을 천천히 거닐고 있었다.

다행히 큰 지진은 아니었던지, 대지의 진동은 곧 수그러들었다. 진원지와 가까운 민가에 어느 정도 피해가 예상되었으나 대형 참사까지는 이르지 않을 터였다.

그러니 지금 제갈약란의 고운 미간에 생겨난 작은 주름의 원인은 지진과는 관련이 없었다. 그저 대기를 통해 전달되는 정보를 훼손시키는 요인에 불과했다.

'이 충만한 악기는 뭐란 말인가? 전날 귀왕노조가 휘하의 강시 떼와 함께 무산을 침공했을 때조차 이만한 악기를 경험한 적은 없었거늘……'

천하에 알려진 것처럼 제갈약란은 단순한 무인이 아니었다.

그녀는 술법과 음공, 의리에 두루 밝은 천하의 재녀였다. 특히 천하제일이라 일컬어지는 음공에는 강력한 파사지기가 깃들어 있어 사교인 천사련의 교도들에겐 저승사자로 일컬어지고 있었다.

그런 그녀가 지금 긴장하고 있었다.

대기에 깃든 악기!

평생 경험한 바 없던 수준의 위험 요소를 접하고 완전히 심각해졌다. 결코 쉽사리 넘길 수 없는 일이 항주에서 발생했다는 생각이 들었다.

그때 그녀의 눈에 이채가 어렸다. 그녀의 거처를 향해 신형을 날려 오는 한 명의 노검객을 발견한 까닭이다. 근래

무림맹과 하나가 된 강남문파연합의 무존, 검왕 모용척이
었다.

슥!

표표히 제갈약란 앞에 떨어져 내린 모용척이 눈에 형형
한 정광을 담은 채 말했다.

"음선도 이 악기를 느꼈소이까?"

"예, 정말 지독한 악기로군요."

"천무지회를 앞두고 천사련의 사교도들이 또 뭔가 음모
를 획책하고 있는 것이 아니겠소이까?"

"그건 저 역시 잘 모르겠습니다."

"음선도 파악하지 못할 정도라는 것이외까?"

"그렇습니다."

"그렇다면 큰일이구료. 술법과는 관련이 없는 노부조차
느낄 만큼 강한 악기인데 음선이 정확한 사정을 파악하지
못했다니……."

"그래서 아무래도 총군사님에게 가 봐야 할 것 같습니
다."

"총군사에게 말이오?"

"예, 그분이라면 오늘 벌어진 사태의 전말을 어느 정도
는 파악하고 계실 겁니다."

"……."

모용척이 노골적으로 못마땅한 표정을 지어 보였다.

그와 총군사 제갈묘재의 사이가 껄끄럽다는 건 천하에 모르는 자가 없다. 특히 둘 사이의 자존심 대결은 대단하여 무림맹과 강남문파연합의 합병 때 이미 꽤나 많은 분란과 뒷담화를 양산했을 정도였다.

제갈약란이 말했다.

"굳이 검왕 선배까지 가실 필요는 없을 것 같습니다."

"아니외다. 함께 가도록 합시다."

"그래도 되겠습니까?"

"흥! 안 될 게 무에 있겠소이까?"

제갈약란에게 가볍게 냉소한 모용척이 총군사전을 향해 앞장섰다.

'굳이 무리하지 않아도 되는데…….'

제갈약란이 고집 피우는 어린애 같은 모용척의 모습에 내심 쓴웃음을 짓고 그의 뒤를 따랐다.

128장
주종 관계를 제의하다!

팔랑!

제갈묘재가 무수히 많은 그의 직속 비선 조직 중 하나인 은룡단에서 올라온 보고서를 살피다 가볍게 눈살을 찌푸렸다.

'하필이면 루외루에 뛰어들다니! 은룡이십삼호를 비롯해 그놈과 관계된 모든 조직원을 제거해야겠구나…….'

조금 뼈아프다.

은룡단은 제법 공들여 키운 비선 조직이었기 때문이다.

그러나 어쩔 수 없는 선택이다.

절대 건드려선 안 되는 황천과 관계된 조직과 접촉했고,

오늘 밤 느닷없이 그곳이 천사련의 기습을 당했으니 말이다. 만약 황천이나 육선문에서 이번 일을 파헤치고 들어온다면 운룡이십삼호의 접촉이 문제화될 소지가 컸다. 천무지회를 앞두고 그 같은 위험 요소를 안고 갈 수는 없었다.

사삭!

결정을 내린 것과 동시였다.

보고서의 결재란에 살(殺) 자를 적어 넣은 제갈묘재가 다음 안건으로 넘어가려다 갑자기 나직이 중얼거렸다.

"루외루 쪽 일을 처리하러 출동한 게 누구였지?"

"천룡신무대입니다."

"방수는?"

"은봉단(隱鳳團)이 맡았습니다. 그동안 육선문 쪽을 맡았던 자들이니 뒤처리는 크게 걱정하실 필요가 없으실 거라 사료됩니다."

"은현단(隱玄團)도 움직이도록 해!"

"그렇게까지 하실 필요가 있겠습니까?"

"천무지회가 코앞이야. 조그만 문제도 발생해선 곤란해."

"곧바로 처리하도록 하겠습니다."

"부탁함세."

제갈묘재의 대답이 떨어진 것과 동시였다.

슥!

그의 집무실 천장 쪽에서 미세한 진동과 함께 목소리의

흔적이 사라졌다.

팔랑!

제갈묘재가 그제야 다음 안건이 적힌 보고서로 시선을 넘겼다. 오늘밤 중으로 처리할 일은 아직도 많이 남아 있었다. 언제나와 마찬가지로 말이다.

아니다.

그럴 수가 없었다.

마치 기다렸다는 듯 집무실 밖이 시끄러워졌기 때문이다.

'내가 놓쳤던 게 있었던 건가?'

의문은 길게 이어지지 않았다. 집무실 밖의 소란이 더욱 심해지더니 문이 활짝 열렸다. 그리고 모용척과 제갈약란이 동시에 모습을 드러냈다.

제갈묘재가 보고서에서 시선을 떼고 입가에 고소를 매달았다.

"검왕, 급한 성격은 여전하시군. 그래, 무슨 일이 있어 이 야밤에 찾아온 것인가?"

모용척이 눈에 안광을 담은 채 말했다.

"총군사에게 볼일이 있는 건 내가 아닐세!"

"호오?"

고개를 갸웃해 보이는 제갈묘재에게 제갈약란이 조심스레 말했다.

"항주에 변이 생긴 것 같습니다."

"변?"

"지진이 일어난 건 아시겠지요?"

"꽤 큰 지진이었던 것 같더군. 민가에 피해가 많겠어."

"그 지진의 직후에 지독한 악기를 느꼈습니다."

"악기?"

의외란 기색의 제갈묘재에게 모용척이 살짝 비웃는 표정
이 되었다.

"그동안 무공의 정체가 심했구만."

"누구처럼 신세 좋은 세월을 보내지 못해서 말야."

"신세 좋은 세월?"

따지듯 눈을 빛내는 모용척의 기세를 간단히 흘려보낸 제
갈묘재가 제갈약란에게 시선을 던졌다.

"그래서 악기의 정체는 무엇이라 생각하느냐?"

모용척이 울컥한 기색이 되었다.

"날 무시하는 것인가!"

"어? 알아챘나?"

"뭐라!"

"잠시 앉아서 숨이나 돌리시게나. 지금부터 내 충분할 만
큼 놀아 줄 테니까. 이 밤중에 날 찾아온 걸 보면 화급을 다
투는 일이 벌어진 것 같은데 말야?"

"그, 그건 그렇지만……."

"아니면 밤새 그렇게 서 있을 작정인가?"

"……크으!"

모용척이 결국 침음과 함께 의자에 앉았고 제갈약란 역시 그의 뒤를 따랐다. 제갈묘재가 그렇게 두 사람을 이끌었다. 묘하게 흥분되었던 기세를 가라앉힌 것이다.

물론 완벽한 건 아니었다.

그런 식으로 상황이 돌아가는 걸 모용척은 용납하지 않았다. 그가 항의하듯 다시 입을 열었다.

"도대체 항주에 무슨 일이 벌어진 것인가? 천무지회는 제대로 개최할 수 있는 것일 테지?"

제갈묘재가 피식 웃어 보였다. 누가 봐도 알 수 있는 티웃음이다.

"질문은 한 가지씩만 하시게. 어찌 나이가 들어 갈수록 그 급한 성질머리는 고쳐질 기미가 없는 것인가?"

"시비 거는 건가?"

"시비를 거는 것이라면?"

"……."

"농담일세. 어찌 천하의 검왕을 앞에 두고 시비를 거는 우둔한 자가 무림맹의 총군사를 맡을 수 있겠는가?"

"그럼 어서 말하게. 내 급한 성질머리는 전혀 고칠 생각이 없으니까 말야."

"허허, 그거 참……."

제갈묘재가 다시 나직하게 웃음을 지어 보이곤 제갈약란

에게 시선을 던졌다.

"……악기의 정체가 천사련과 관련이 없다고 생각한 것일 테지?"

"예, 일단은 그래 보입니다."

"이유는?"

"없습니다."

"없다?"

"예, 특별한 이유는 없습니다."

"그냥 그렇게 생각된다는 것이로구나. 그렇다면 일단 천사련은 배제하도록 하자꾸나."

제갈약란이 고개를 가로저었다.

"그래선 안 된다고 생각합니다."

"그건 어째서지?"

"악기가 천사련과 관련이 없는 듯하기 때문입니다."

"그건 곤란하게 되었구나."

"예."

"알겠다. 이제야 네가 날 찾아온 이유를 알겠구나."

천천히 고개를 끄덕여 보이는 제갈묘재를 보고 모용척이 참지 못하고 끼어들었다. 두 사람의 기묘한 문답(問答)에 머릿속이 혼란스러워지고만 까닭이었다.

"두 사람, 무슨 짓을 하는 것인가?"

"혈족끼리의 대화를 나눴을 뿐이네. 그럼 이제 대충 급한 일은 끝난 것 같으니 자네와 놀아 줄 수 있게 되었네. 궁금한 점을 물어보시게나."

"놀아 주겠다니!"

"아니면 더 이상 질문할 게 없는 건가?"

제갈묘재의 시치미를 뚝 떼는 태도에 모용척이 노화를 폭발시키려다 가까스로 참았다. 기적 같은 일이었다. 오로지 제갈약란이 있었기에 가능한 일이었다.

그렇게 힘겹게 노화의 폭발을 참아 낸 그가 어금니를 깨문 채 말했다.

"그럼 다시 질문하겠다!"

"오늘밤 항주에서는 지진이 일어났네. 대충 항주부의 남쪽 지역 절반가량이 피해를 입은 듯하네. 천재지변이지. 그러나 다행스럽게도 무림맹 일대는 그리 큰 피해를 입지 않았다네. 천무지회는 예정대로 개최될 것이니 너무 염려하지 마시게. 다음 질문 있는가?"

"그, 그렇군. 그럼 악기는 어찌 된 것이지?"

"검왕의 말대로 내 무공 수준은 부실하기 그지없다네. 그래서 천지에 퍼진 악기 같은 건 간파하지 못했다네. 아마 현재 무림맹에 머무는 사람 중 그런 기운을 간파할 수 있는 사람은 검왕 자네를 제외하곤 한두 사람밖엔 없을 걸세."

"나와 음선 외에 또 있다는 건가?"

"있지. 그런데 놀랍게도 이 자리에 없구만."

"그건……."

모용척이 머릿속에 떠오른 사람의 이름을 입 밖으로 내뱉길 잠시 주저했다. 그러기엔 제갈묘재가 한 말이 꽤나 의미심장하게 느껴졌기 때문이다.

대신 제갈약란이 말했다.

"무당파는 명문정파입니다."

"아주 오래전 일이지. 반봉문 상태로 천하에서 자취를 감춘 지 이미 반백년이 넘었으니, 그동안 무슨 일이 벌어졌든 이상할 게 없을 게야."

"우려하시는 게 단지 그런 것뿐만은 아닌 듯합니다만?"

"허허, 그래 보이느냐?"

"그렇습니다."

"네가 그렇다면 그런 것일 테지."

"그럼 직접 찾아가 보셔야겠군요?"

"그래야 할 테지."

"호법이 필요하신가요?"

"아직은 괜찮을 것 같구나."

"그럼, 저는 이만 물러가 보도록 하겠습니다."

"그러거라."

제갈묘재의 허락이 떨어지자마자 체갈약란이 자리에서 일어섰다. 더 이상 할 말이 없다는 뜻을 분명히 한 것이다.

모용척은 주춤거렸다.

여전히 그의 심중에는 의혹이 가득했다. 아니, 오히려 더 많아졌다. 이대로 제갈약란의 뒤를 따를 순 없었다.

제갈묘재가 빙그레 웃었다.

"검왕은 과연 대인일세."

"그건 또 무슨 소리지?"

"고귀한 신분으로 내 호위를 자청하셨으니 하는 말일세."

"그 무슨 말도 안 되는……."

버럭 하려던 모용척의 눈매가 가늘어졌다. 반면 신광은 더욱 강렬해졌다.

"……지금 바로 신산진인을 만나러 가려는 것인가?"

"그래야 할 것 같네."

"과연 그럴 만한 능력이 신산진인에게 있다고 생각하는 것인가?"

"검왕께서는 어찌 생각하시는가?"

"무당이 천하에 자취를 감춘 지 상당한 세월이 흘렀네. 직접 손속을 나눠 보지 않고는 신산진인의 진정한 무위를 파악할 순 없을 걸세."

"역시 그렇겠지?"

"지금 내게 되묻는 것인가?"

"그러면 안 되는가?"

"당연하지!"

"그럼 내 호위가 되어 주시게."

그 말을 끝으로 제갈묘재가 자리에서 일어서 집무실을 나갔다. 모용척이 못마땅한 표정을 한 채 그 뒤를 따랐다. 마땅치는 않으나 오늘밤 그의 호위역은 거절할 수 없을 듯하다.

무당파의 거처인 청빈각을 얼마 남겨 놓지 않고서 제갈묘재가 걸음을 멈췄다.

그답지 않게 고민에 빠진 표정!

모용척이 검미를 추켜올리며 말했다.

"걸음을 왜 멈췄지?"

제갈묘재가 손을 들어 보였다. 그리고 더욱 고민스런 표정을 지어 보인다.

'이 녀석, 뭔가 놓친 게 있었던 것인가?'

모용척이 내심 눈을 빛내며 입을 다물었다. 제갈묘재가 지금 자신만의 사유 속으로 헤엄쳐 들어갔음을 눈치챈 까닭이었다.

그렇게 잠시의 시간이 흘렀다.

미간 사이에 손가락을 가져다 댄 채 석상이 되어 있던 제갈묘재의 표정이 평상시로 돌아왔다. 입가에 머문 건 언제나와 같은 오만스러움이 가득한 미소다.

"검왕, 미안하지만 자네의 호위는 여기까지만 부탁하도록 하겠네."

"혼자 신산진인을 만나러 갈 작정인 건가?"

"아니."

"그럼 어쩔 작정인 거지?"

"그냥 나는 내 집무실로 돌아가고, 자네는 자네 갈 길을 가는 게지."

"……."

"그런 무서운 눈으로 보지 말게나. 나로선 최선이라 판단 내린 대로 할 뿐이니까."

"그럼 설명해 보게!"

"생각해 보니 지금쯤 신산진인은 내게 기별이 올 것을 기다리고 있을 것 같더군. 그러니 내가 불쑥 그를 찾아간다는 건 처음부터 지고 들어가는 게 아니겠는가?"

"단지 그런 이유로……."

"뿐만 아니라 무당이 갑자기 반봉문 상태를 깨고 무림에 모습을 드러낸 진짜 이유에 생각이 미친 까닭일세."

"……그게 무어지?"

"황천!"

"진짜 그렇게 생각하는 것인가?"

"당연히 그렇지 않겠는가? 그 외엔 동창의 감시하에 있던 무당파의 신임 장문인이 무림맹주의 직위를 노리고 무림맹에 머물 이유가 없으니까 말일세. 검왕, 자네도 그렇게 생각했기에 신산진인이 천무지회에 한 발을 걸치는 걸 용인한 거고 말일세. 하지만 오늘밤 내가 궁금해진 건 황천의 다른 의도일세."

"다른 의도?"

"그래, 여태까지 생각했던 것과 황천의 의도가 전혀 다른 쪽일 수도 있을 것 같거든. 뭐, 일단 정리된 건 여기까지일세. 나머지는 천무지회가 끝난 후 말해 주도록 하지."

"그건 또 무슨 소리지?"

"무림맹주의 오른팔인 총군사로서 당연한 보고를 올리겠다는 뜻일세."

"……."

모용척의 얼굴에 일순 가벼운 홍조가 일었다.

부끄러워서가 아니다.

평생 몇 차례 경험한 적이 없던 강렬한 흥분에 휩싸인 때문이었다. 제갈묘재가 그렇게 만들었다.

잠시뿐이었다.

곧 평상시의 신색을 회복한 모용척이 입꼬리를 살짝 추켜올렸다.

"방금 전에 한 그 말, 잊지 말도록!"

"물론."

제갈묘재가 천연덕스런 표정을 한 채 대답했다.

*   *   *

청빈각.

새벽이 될 때까지 제갈묘재의 기별을 기다리던 신산진인의 입가에 문득 허허로운 미소가 매달렸다.

"무량수불, 과연 제갈묘재로구나! 이런 식으로 예상을 벗어날 줄은 몰랐거늘!"

미소는 곧 사라졌다.

무당파 제일의 지낭이라 불리던 그의 예상을 벗어난 사람을 만났다. 마음 한편에 부담감이 생겨나지 않을 리 없었다.

아니다.

오히려 그 반대였다.

신산진인은 심부 깊숙한 곳에서 강렬한 열의가 치솟아 오르는 걸 느꼈다. 전의였다. 오랜 수양으로 침전시켜 놨던 특유의 지적 승부욕이 뜨겁게 불타오르기 시작한 것이다.

그러나 곧 그 불꽃은 사그라졌다.

모습을 감췄다.

언제나와 마찬가지로 자신의 욕망을 죽여 버렸다. 거세해 버렸다.

'간밤 루외루를 시작으로 황천비영이 항주에 깔아 놨던 점조직 서른다섯 군데가 모조리 괴멸당했다. 제아무리 대단한 황천비영이라 할지라도 천무지회가 끝날 때까지 본래의 정보력을 회복하는 건 불가능할 터. 무명고검이 음선을 제

압하기로 약속한 이상, 이제 남은 문제는 내 능력이 검왕을 압도할 수 있는가 정도겠구나!'

검왕 모용척!

천하가 인정하는 강남제일의 고수이자 무림맹주를 뽑는 천무지회의 강력한 우승 후보였다. 무림 최정상에 군림하던 쌍신이 자취를 감춘 현재, 무력으로 그를 압도할 수 있다고 자신할 만한 자는 사실상 없다고 봐도 무방할 터였다.

하나 신산진인은 절대적인 자신감이 있었다.

자신만만했다. 전대 천하제일인을 배출했던 무당파 현문 정종의 무공과 천사련의 절대 사공을 모두 극한까지 연성한 때문이었다.

'내가 무림맹주에 올라서 경황야를 황제에 등극시키면 무당파는 다시 천하제일문파의 자리를 되찾을 것이다! 태극 무검선제 시절의 명성과 황천의 비호를 동시에 획득하는 최초의 문파가 되는 것이야!'

무려 수십 년 전 시작된 꿈!

이제 얼마 남지 않았다.

어느새 눈앞까지 훌쩍 다가와 있었다.

그 첫 일보로 천무지회를 제패하고 무림맹주에 오를 터였다. 방해되는 것은 일체 용납할 수 없었다. 전대 무당파의 장문인이었던 신풍진인과 마찬가지로 말이다.

── 자신의 검에 심맥이 절단된 신풍진인!

아주 오래전, 무당파에 입문한 자신에게 처음으로 입문
무공을 가르쳐 줬던 대사형의 마지막 모습을 떠올린 신산진
인이 내심 눈을 감았다.

패륜(悖倫)! 패도(悖道)!

결코 용납할 수 없는 대죄를 저질렀다.

천 번, 만 번 죽는다 해도 씻을 수 없는 죄악이었다.

그렇기에 더 이상 돌아갈 길이 없었다. 돌이킬 수 없었다.
그냥 앞으로 나아갈 수밖에 없었다.

'대사형, 무당파를 위해서요! 무당파의 영광을 되살리기
위함이오! 그러니 잠시만 기다려 주시오! 내 모든 것을 이룬
후 스스로 자진하여 죄과를 씻을 테니까…….'

내심의 중얼거림과 동시였다.

완연히 환해진 밖을 향해 시선을 살짝 던진 신산진인이
가부좌를 풀고 일어섰다.

이만큼 기다렸으면 되었다.

제갈묘재가 공을 넘겨줬으니, 이젠 자신이 찾아갈 차례였
다. 굳이 이런 일로 제갈묘재와 신경전을 벌이고 싶진 않았
다.

       *   *   *

"쿨럭! 쿨럭!"

의식을 회복하자마자 소진엽은 기침을 터뜨리다 인상을 있는 대로 찡그렸다.

입을 열자마자 기다렸다는 듯 쏟아져 들어온 흙더미!

단숨에 식도를 향해 돌진한다.

어느새 입 안을 가득히 메워 버렸다. 아주 빠르게 숨이 막혀 왔다.

'기시감은 개뿔! 그때와는 달리 사부, 이번엔 나를 진짜로 죽여 버리려고 했잖아!'

소진엽이 내심 욕설과 함께 내력을 일으켰다.

단천뢰심강!

폭발적으로 강기를 확산해 입 안을 비롯해 칠공 모두를 압박하며 파고든 흙더미를 밀어냈다. 몸 전체를 일종의 강기막으로 에워싸서 적당한 공간을 만들어 냈다.

다음은 뻔하다.

빙글!

땅속에서 신형을 돌려 간단히 자세를 바꾼 그가 이번에는 태극무한신공을 일으켰다. 단천뢰심강과 같은 폭발력은 떨어지나 은근하고 강력한 내기로 땅을 파헤치며 치솟아 오르기 시작한 것이다.

푸확!

그렇게 상당한 시간이 지나 소진엽은 땅속에서 빠져나왔다. 천하무쌍의 지둔술을 지닌 자라 한들 감탄을 금할 수 없는 묘기를 발휘했다고 할 수 있겠다.

"윽!"

소진엽이 손을 들어 눈을 가렸다. 어느새 이렇게 시간이 지났는지 해가 중천에 떴다. 대낮이었다.

'그럼 내가 밤새 땅속에 파묻혀 있었다는 건가?'

기시감이 맞는 것 같다. 밤새 땅속에 파묻혀 혼절해 있었음에도 질식사하지 않았으니 말이다.

하지만 그렇다면 도대체 사부 담대광에게는 그동안 무슨 일이 벌어진 것일까?

어떻게 세상에 다시 강림했고, 접속 따윈 개무시하고 하나밖에 없는 제자를 땅속에 파묻어 버렸는지 정말 궁금했다. 그리고 그건 아마도 향후 천하의 안녕과 소진엽 자신의 삶에 꽤나 큰 영향을 끼칠 사항임이 분명했다.

꼬르륵!

그때 배 속에서 밥 달라는 신호가 맹렬하게 들려왔다. 어젯밤부터 땅속에 파묻힌 채 전혀 먹은 게 없으니 당연한 권리 행사일 터였다.

"뭐, 일단 루외루로 가서 밥부터 먹어야겠군."

그동안 맛있고 기름진 음식에 길들여진 밥통이 또다시 맹렬한 신호를 보내왔다. 입 안 가득 침이 고였음은 물론이었다.

　잠시 후.
　한때 루외루였던 폐허 앞에 도착한 소진엽은 잠시 침묵에
잠겨 있었다.
　간밤 항주부를 덮친 지진의 여파는 꽤 심각했다.
　루외루로 향하는 동안 반파되거나 전소된 주택을 꽤나
많이 봤다. 복구에 적지 않은 공과 시간이 들게 분명해 보인
다.
　그러나 단지 그뿐이었다.
　특별히 엄청난 재난을 당한 건 아니었다.
　적당히 사람들이 달려들어서 수습하고, 복구할 수 있는
정도의 지진 피해였다.
　'그런데 하룻밤 새에 이런 피해를 당하다니…… 이건 마
치 지진을 틈타 기습이라도 당한 꼴이로군.'
　깊게 생각할 필요가 없다.
　까닥!
　소진엽이 손가락을 가볍게 튕긴 것과 동시에 명객이 모습
을 드러냈기 때문이다.
　"어떻게 된 거지?"
　소진엽의 질문에 명객이 침중한 목소리로 답했다.
　"간밤 항주부를 덮친 지진과 함께 루외루에 천사련 사교

도들의 야습이 있었소이다.”

“루외루주는?”

“달아났소이다.”

“달아나?”

“내 동생들과 수하들을 모두 포기하고 자신 혼자만 몸을 피했소이다.”

“분노가 느껴지는군?”

“……”

소진엽의 은근한 질문에 명객이 잠시의 침묵 끝에 입을 열었다.

“계약 관계의 끝이란 항상 그런 게 아니겠소이까?”

“루외루주와의 계약은 이로써 완전히 끝났다?”

“그렇소이다.”

“그럼 우리의 계약도 좀 조정이 필요하겠군.”

“어떻게 조정하겠다는 것이오?”

“앞서 말했다시피 나는 자네가 점점 더 마음에 들고 있어. 게다가 루외루주와의 계약이 끝났으니까…….”

잠시 말끝을 흐린 채 뜸을 들인 소진엽이 씨익 웃어 보였다.

“……자네, 나랑 계약 같은 건 다 때려치우고, 아예 주종 관계를 맺는 게 어때?”

“당신의 수하가 되라는 것이오?”

"어. 자네 동생들인 명부귀살과 함께 말야."

"......"

명객이 잠시 침묵속에 소진엽을 바라봤다.

그가 속한 살수계!

언제나 계약에 의해서만 움직이고, 계약이 끝나면 인연은 끝이 난다. 의리나 명예, 인간적인 도의 따위는 신경조차 쓰지 않는다.

그래서 혼자만 도주한 루외루주 설중매를 탓하지 않았다. 애초부터 그에게 엄청난 보수를 받고 명부귀살 전체가 호위대가 된 까닭이었다.

당연히 설중매에 대해선 생각 밖으로 아는 게 적었다.

애초에 일부러 신경 쓰지 않았다.

황천과 관계된 자였다.

관부 소속의 육선문 고수들을 이용해 항주 일대 하오문을 단기간 내에 장악한 거물이었다. 될 수 있는 한 관련을 맺지 않는 편이 만수무강에 이로울 터였다.

마찬가지로 설중매 역시 명객이나 명부귀살을 수하로 여기진 않았을 터였다. 그냥 돈으로 사서 쓰다가 소용이 없어지면 용도폐기하는 소모품으로 여겼음이 분명했다.

'한데 이 사람은 나와 명부귀살에게 계약이 아닌 주종 관계를 요구하고 있다. 언제든 타인과 계약을 맺고 자신에게 칼을 들이밀 수 있는 살수인 우리에게......'

이해가 가지 않는다.

쉽사리 받아들이기 힘든 제안이었다.

처음에 제시받은 계약과는 완전히 달랐다.

그런데 희한하게도 명객은 소진엽의 제안을 단숨에 거절하지 못했다. 머뭇거리고 있었다. 마치 갑자기 사랑 고백을 받은 십오륙 세가량의 솜털 보송보송한 계집아이처럼 말이다.

그 같이 복잡한 심경 속에 명객의 답은 이뤄졌다.

"……생각해 보겠소이다."

"여전히 조심스럽군."

"나 홀로 내릴 수 있는 결정이 아니오."

"그럼 그렇게 하는 걸로 하지."

"그래도 되겠소?"

"물론."

상쾌한 대답과 함께 소진엽이 다시 시선을 폐허가 된 루외루로 던졌다.

"그런데 간밤에 루외루를 찾은 게 천사련의 사교도뿐은 아니었던 것 같군?"

"무림맹 쪽에서도 몰려왔으나 한 발 늦었소."

"루외루주는 거기까지 생각하고 이곳을 포기했다고 할 수 있겠군. 뭐, 좋아. 일단 자네는 한동안 루외루주를 뒤쫓아 줘."

"곧바로 그런 명령을 내리는 것이오?"

"계약 끝났다며?"

뭐가 문제 될 거 있냐는 소진엽의 표정에 명객이 슬쩍 고개를 숙여 보였다.

"루외루주의 행방을 파악하면 사람을 보내도록 하겠소."

"부탁해."

소진엽의 대답이 떨어진 것과 함께 명객이 다시 모습을 감췄다. 부근으로 사람들이 다가들고 있었기 때문이다.

"소 대협!"

"원시천존! 살아 있었구나!"

함께 모습을 드러낸 장원록과 호연작을 향해 소진엽이 건성으로 손을 들어 보였다.

"여어!"

호연작이 신형을 날려 왔다. 얼굴이 흥분으로 인해 가볍게 상기되어 있다.

"간밤에 어딜 갔었던 건가?"

"산책."

"산책? 양상군자라도 될 작정인 것인가?"

"그럴 정도로 궁하진 않은데……."

"그런데 어째서 밤에 자빠져 자지 않고 산책 따위를 하러 다니는 거지?"

"……정분이 난 거지 뭐."

"정분?"

호연작의 얼굴이 더욱 붉어졌다.

"그사이 여도우와 연분이라도 맺었다는 건가? 어디의 어느 분방한 성품의 규수인 것인가? 혹시 비슷한 성정의 여자 형제나 친구는 없다던가?"

"없다고 하던데?"

"그, 그래……."

갑자기 흥분이 가라앉은 호연작이 풀 죽은 표정이 되었다. 정말 변화 극심한 성정의 소유자다.

내심 그래서 정말 데리고 다니는 맛이 있다고 중얼거린 소진엽이 시선을 장원록에게 던졌다. 그에게 확인할 사항이 몇 가지 있었다.

"장 소협, 간밤의 지진에 무림맹은 괜찮았소?"

"그리 큰 피해는 없었습니다. 지진의 진원으로부터 상당히 멀리 떨어져 있었으니까요."

"그럼 천무지회에는 지장이 없겠군."

"그럴 겁니다. 다만……."

"다만?"

"……간밤의 지진을 틈타서 항주부 곳곳에 침투한 천사련의 사교도들이 심각한 패악질을 벌인 듯합니다. 몇몇 문파나 시설이 파괴당해서 민심이 흉흉해졌습니다."

"천사련에서 잘하는 짓이지. 근데 배가 고프니, 우리 일단 자리를 옮기는 게 어떻겠소?"

"제가 안내하도록 하겠습니다."

"부탁하겠소."

소진엽이 대답하자 호연작이 언제 풀이 죽었냐는 듯 생생해진 표정으로 외쳤다.

"천외천으로 가자!"

"아니, 다른 곳으로 간다."

"어디?"

"산외산!"

"산외산?"

"그래, 거기서 만나기로 한 아름다운 소저가 있거든."

"워, 원시천존!"

호연작이 상황에 어울리지 않는 도호와 함께 소진엽에게 바짝 달라붙었다. 얼굴이 다시 붉어지기 시작했다.

*　　　*　　　*

덜덜덜덜…….

설중매는 심부 깊숙한 곳으로부터 치밀어 오르는 오한을 이를 악문 채 참고 있었다.

간밤, 겁화에 휩싸인 루외루를 탈출한 그는 황천비영의

점조직 중 한 군데로 달려갔다. 그가 오랫동안 공을 들여왔던 항주에서도 가장 은밀한 곳에 위치한 안가였다.

그러나 이게 어찌 된 일일까?

그가 도착했을 때 안가는 파괴되어 있었고, 다른 점조직 역시 마찬가지였다. 루외루가 공격당한 시점에 천사련은 설중매의 모든 손발을 잘라 버린 것이다.

그래도 설중매는 좌절하지 않았다.

이런 상황, 어느 정도는 예측하고 있었다.

최악은 아니었다.

최소한 아직 죽지 않고 살아 있으니까.

그 같은 긍정적인 생각과 함께 그는 항주를 떠났다. 일단 살고 봐야겠다는 판단이었다.

그런데 하루에 천 리를 달린다는 서역 대완구를 타고 항주를 벗어난 후 그는 상상조차 못 했던 꼴을 당했다. 갑자기 불가사의한 힘에 뒷덜미가 낚여서 바닥에 내동댕이쳐진 것이다.

뿐만 아니다.

그의 고난은 그것이 시작이었다.

바닥에 처박히자마자 일신의 무공을 발휘해 암습자에게 반격을 가하려던 그는 또다시 바닥을 나뒹굴었다. 몇 차례에 걸쳐서 처참한 꼴이 되길 반복했다.

이쯤 되면 바보라 해도 알 수 있다.

하물며 설중매는 두뇌가 명석하기로 황천비영 내에서도 몇 손가락 안에 드는 인재였다. 열 번의 죽음 중 최소한 일고여덟 번 정도는 삶을 구할 수 있다고 자부하고 있었다.

곧 그는 저항을 포기했다.

무공을 사용하길 포기하고, 전신 가득 활력을 불어 넣어 주던 호신지기 역시 단전으로 거둬들였다. 때리면 때리는 대로 그냥 놔뒀다. 죽음을 무릅쓰고 그렇게 했다. 그게 지금 자신이 살 수 있는 유일한 방도라 여긴 까닭이었다.

과연 그랬다.

성공적인 판단이었다.

그가 모든 걸 포기한 듯 사지를 늘어뜨리자 계속되던 구타가 잦아들었다. 거짓말처럼 멈췄다. 마치 처음부터 그런 일 따위는 존재조차 하지 않았던 것처럼 그렇게 되었다.

물론 그렇게 끝날 리 없다.

스으!

땅바닥에 늘어져 있는 설중매의 앞에 끔찍한 거구의 사내가 떨어져 내렸다. 천신천장 같은 위용을 드러냈다. 그렇게 밖엔 표현할 길이 없는 등장이었다.

'그런 후 그는 내게 항주로 다시 돌아갈 것을 명했다. 단하룻밤 새에 항주 일대 황천비영 세력을 괴멸시킨 천사련의 교도들에게 안내할 것을 요구한 것이다. 그때는 설마 이런 짓을 벌이려고 했을 줄은 몰랐거늘……'

눈앞에 펼쳐져 있는 지옥도!

무간지옥 그 자체라 해도 과언이 아닌 대살육극의 잔해를 설중매는 외면하고 싶었다. 어떻게든 시선을 돌려서 현실도 피를 하려 했다. 자칫 정신이 붕괴되어 버릴 것 같았기 때문이다.

그때 몇 번이나 동일한 지옥도를 만든 천신천장이 신형을 돌려세웠다.

지옥에서 뛰쳐나온 악귀?

전혀 그렇지 않다.

어느새 환해진 햇살 아래 서 있는 그는 비현실적으로 거대한 몸집과 달리 준수한 외모의 소유자였다. 만약 몸집이 조금만 인간적이라면, 제법 매력적으로 보일 법도 하다.

물론 현재 설중매에겐 그냥 악귀 그 자체나 다름없다.

시선을 마주친 것만으로 오금이 저려 와 또다시 몸을 덜덜거리며 떤 그가 말했다.

"그, 그럼 다음 장소로 안내할까요?"

"너!"

"예! 예!"

"제법 쓸 만하구나!"

"……."

"하지만 아직 목숨이 간당거리고 있다. 오늘 내 손에 살아남으려면 조금 더 분발해야 할 거야."

"예! 예!"

설중매가 연신 허리를 숙여 보였다. 그렇게 해서라도 반드시 살아남고 싶었다.

한데 그때 갑자기 천신천장이 변화를 일으켰다.

축소!

방금 전까지 설중매가 힘겹게 올려다봐야 했던 거대한 육체가 허깨비처럼 밑으로 꺼져 내렸다. 순식간에 몸집이 삼분지 일 이하로 줄어든 것이다.

당연히 사람 그 자체도 달라졌다.

붓으로 그린 듯한 검미.

준령같이 곧고 선이 살아 있는 콧날.

오만한 표정이 더할 나위 없이 잘 어울릴 듯한 입가의 주름.

상당한 미장부였다. 사십 대 정도로 보임에도 불구하고 어떤 여인이든 얼굴을 보면 쉽사리 시선을 떼지 못할 만큼의 매력을 자연스럽게 흘리고 있다.

— 신마대제 담대광!

간밤 연옥에서 현세로 탈출한 몸을 되찾은 그였다.

스윽!

담대광이 얼굴을 불쑥 들이밀자 설중매의 안색이 가볍게

붉어졌다. 희한하게도 떨림이 잦아들고, 정신이 아찔해져
온다. 흡사 정신 공격이라도 당한 것 같다.

"나는 남색(男色)에 관심이 없다."

"무, 무슨 말씀이신지……."

"계속 그런 식으로 날 바라보면 네놈을 죽이겠다는 뜻이
다!"

"……."

설중매가 그제야 자신의 신색을 깨닫고 고개를 맹렬히 밑
으로 떨궜다. 죽고 싶진 않았기 때문이다.

그러자 히죽 웃어 보인 담대광이 고개를 가볍게 흔들어
보이곤 말했다.

"다음 장소로 안내해라."

"예! 예!"

대답과 함께 고개를 크게 주억거린 설중매가 얼른 신형을
돌려세웠다.

과연 눈앞의 잘생긴 악귀한테서 살아남을 수 있을까?

이젠 장담하지 못하겠다.

남색가로 오해까지 받아 버렸으니 말이다.

129장
누구의 이해나 동의도 구하지 않는다

천리표국.

경황야가 탁자 위에 올려져 있는 독특한 모양의 귀면탈을 내려다보다 눈살을 가볍게 찌푸려 보였다.

'신마대제가 십여 일이 넘도록 돌아오지 않고 있다. 설마 근래 항주부 일대에서 벌어지고 있는 천사련 점조직의 괴멸과 관련된 건 아닐 테지?'

그럴 리가 없다.

절대 있을 수 없는 일이었다.

하지만 묘하게 찜찜했다. 신마대제 담대광의 육체를 연옥에서 발굴하는 방법을 전해 준 멸천마후 천기신혜에 대한 의구심 때문이었다.

황천에 대한 야심의 시작!

바로 멸천마후 천기신혜를 만나면서부터였다.

명색뿐인 황족 나부랭이로서 그저 천재적인 무재(武才)에만 의지한 채 천하를 떠돌았던 나날들…….

그러나 무림 최정상인 정파 십이세의 일좌, 무명고검으로 추대된 후 경황야는 또 다른 좌절을 경험해야만 했다. 내심 쌍신조차 사정권 안에 뒀던 그는, 자신을 홀연히 찾아온 천기신혜에게 대패를 당하고 말았다.

신세계였다!

절대 넘을 수 없을 정도로 거대한 벽이었다!

그런 좌절감 속에 검을 꺾어 버린 그에게 천기신혜는 한 가지 달콤한 제안을 해 왔다. 오랫동안 애써 외면하고 있던 야망을 그렇게 다시 일깨워 냈다.

황제!

황천의 주인이자 천하 만민의 어버이를 꿈꾸게 만들었다. 그러기 위해서 황궁비고를 털어 케케묵은 천사도의 경전을 끄집어냈고, 황산에 천사련이란 사교를 만들었다. 천마신교에서 스스로 독립하길 원하던 좌마령 북리사경을 꼬여 내서 쌍신을 숭산에서 제거했다.

그리고 수십 년의 은인자중 속에 얻어 낸 황천비영주의 자리!

화룡점정이었다.

황제의 최고 심복인 황천비영주로서 그는 천마신교와 정파 무림의 분열을 조장했다. 사부이자 무당파의 잠룡인 신산진인을 천사련에 끌어들여 자신의 분신으로 만들었다. 그렇게 강남으로부터 황천에 대한 반란의 분위기를 한껏 끌어올려 왔다.

그런데 욕심이 지나치게 과했던 것일까?

다시 날아든 천기신혜의 달콤한 제안을 받아들여 연옥에서 담대광을 발굴한 후 경황야는 불면의 나날을 보내게 되었다. 무수히 많은 술법사와 온갖 주술, 법문, 대법에도 불구하고 담대광을 쉽사리 제어할 수 없었기 때문이다.

몇 차례의 폭주!

그 결과 벌어진 대살육극!

인간의 상상을 초월한 담대광이란 대마신은 삽시간에 천사련의 황산 총본산을 초토화시켰다. 오랫동안 경황야가 온갖 심혈을 기울여 키워 낸 천사련의 정예 중 절반 이상을 먹어치운 것이다.

그렇게 길들인 대마신이었다.

오로지 자신의 명령만을 받드는 살육 기계였다.

최소한 며칠 전까진 그러했다.

'그래서 이번 천무지회가 더욱 중요해졌다. 신마대제의 회수를 장담할 수 없게 된 만큼 무림맹주의 직위는 절대 남

에게 넘겨줄 수 없게 되었어. 그러니 이 귀면탈은 곧 요긴
하게 써먹을 수 있을 것이다. 내가 정파의 모든 세력과 황
천의 대군을 이끌고 자금성으로 진격해 들어갈 때 올릴 번
제의 대상으로 말야.'

마교 토벌?

애초에 관심조차 없었다.

천기신혜의 간절한 염원 따위를 이뤄 주기 위해 천험의
오지인 곤륜산맥으로 대군을 진격시킬 까닭이 없었다.

이 모든 건 회천대업을 이루기 위한 사전 작업일 뿐.

마교 토벌의 대의로 끌어 모은 무림연합군과 황천의 대
병을 이끌고 반역을 도모할 작정이었다. 천기신혜야 태상
마군 소리산과 싸우다가 공멸을 하든 말든 간에.

여기까지 염두를 굴린 경황야가 귀면탈을 들어 품속에
집어넣었다. 그리고 그때였다.

"대인, 시간이 되었습니다."

"알겠다."

근엄한 대답과 함께 경황야가 황천고검을 손에 들고 자
리에서 일어섰다.

오늘은 천무지회의 사흘째 되는 날!

앞서 벌어진 후기지수들의 비무 대회 우승자가 나오는
날이었다. 정파 십이세 중 일좌이자 무림맹주의 유력한 후
보인 무명고검으로서 경황야는 자리를 빛내 줄 의무가 있

었다.

슥!

방문을 열고 밖으로 나선 경황야의 입가에 담담한 미소가 번져 나왔다.

"날씨가 참 좋군. 오늘 벌어질 비무 대회의 결승전은 꽤 격렬하겠어."

"소인이 안내하도록 하겠습니다."

천리표국 표국주인 유운대협 안홍면이 정중하게 허리를 숙여 보였다. 황천비영에 속한 정예 요원이자 경황야의 심복 중 한 명답게 세상에 알려진 것을 훨씬 상회하는 절정 고수다.

경황야가 천천히 고개를 저어 보였다.

"무명고검은 항상 독보(獨步)할 뿐일세."

"그 같은 독보가 그리 길진 않을 겁니다."

"그래야겠지. 하지만 오늘은 아닐세."

"그럼 일각이 여삼추처럼 대인의 명령을 기다리겠습니다."

"그러게."

안홍면에게 의미심장한 미소를 보인 경황야가 상쾌한 표정으로 천리표국을 나섰다. 방금 전까지 그의 머릿속을 어지럽혔던 신마대제에 대한 상념을 깨끗이 털어 내었음이 분명했다.

        *   *   *

"이번엔 확실한 정보일 테지?"

"무, 물론이오."

"그래야 할 거야. 이번 정보도 틀린다면 당신의 생명을 장담할 수 없으니까."

"그런데 어째서 갑자기 육선문과 관련된 조직을 파헤치고 다니는 것이오? 그쪽은 본래 당신이 우리보다 더 잘 알고 있었지 않소이까?"

"내가 그런 것까지 대답해 줘야 하나?"

"그럴 필요는 없지만……."

"그럼 의문 같은 건 마음속에만 묻어 두는 게 좋아."

"나, 나는 이만 가 보도록 하겠소. 천무지회가 개최된 이래 무림맹 전체에 비상이 걸려서 시간을 빼기가 어렵소이다."

"가 봐. 다음에 다시 연락을 하겠다."

"……."

설중매의 말에 무림맹 산하 비선 조직 중 하나인 은현단 소속의 비밀 요원이 얼른 골목길로 모습을 감췄다. 누군가에게 들킬까 봐 완전히 겁을 먹은 듯한 표정이다.

그럴 수밖에 없다.

충분히 이해가 가는 행동이었다.

그의 말대로 천무지회가 개최된 이래 항주 일대 무림맹 소속의 수많은 비선 조직은 모두 비상근무 태세였다. 소문은 나지 않았지만 근래 천사련과 관련된 조직 중 상당수가 몰살당해 분위기가 흉흉하기 이를 데 없었던 것이다.

하물며 그가 만난 설중매는 며칠 전까지 항주 하오문을 장악하고 있던 루외루주였다. 만약 다른 조직원에게 현재의 만남을 들킬 시 반역자로 몰릴 가능성이 농후했다. 실제로 비슷한 상황이었고 말이다.

멀어져 가는 비밀 요원을 바라보다 설중매가 내심 고개를 가로저었다.

'근데 이상한 일이지 않은가? 항주 일대의 황천비영 중 내가 모르는 세력이 이렇게나 많았다니 말야…….'

의문을 품을 법한 일이다.

꽤나 오랫동안 설중매는 항주 일대 황천비영의 총책임자였다. 육선문과 창위 세력에까지 강력한 영향력을 행사하여 하오문을 완벽하게 장악하고 있었다.

그런데 근래 담대광의 명령에 따라서 천사련 조직을 박살 내고 다니다가 몇 가지 이해하기 어려운 움직임을 포착했다. 그조차 모르는 새 황천비영의 조직들이 활발하게 암약하고 있었다. 마치 또 다른 비선 조직이 가동된 것처럼 말이다.

그리고 그게 담대광에게 딱 걸렸다.

마침 천사련 조직 대부분이 괴멸된 상태였기에 그는 간단히 목표를 수정했다. 설중매 본인의 손으로 황천비영의 조직을 박살 내는 데 일조하게끔 한 것이다.

'이 정도로 항주 책임자인 내가 배제된 상태로 움직이는 조직이라면 황천비영주님 전속밖엔 생각이 되지 않는다. 그분의 수족을 끊는 짓을 지금 나는 하고 있는 거야. 하하, 아주 훌륭한 대역죄인이 된 게 아닌가?'

오싹하다.

온몸에 소름이 돋는다.

그러나 담대광에 대한 공포가 더욱 심했다.

피에 굶주린 대마신인 그가 여태까지 저지르고 다닌 짓을 누구보다 잘 알고 있었기 때문이다.

부르르!

한차례 몸을 떠는 것으로 소름을 털어 낸 설중매가 다음 목적지를 향해 신형을 돌려세웠다.

무엇보다 소중한 자신의 목숨이 걸린 일이었다.

한 명에게 얻은 정보만으론 부족했다. 적어도 담대광에게 돌아가 보고하기 전까지 세 명가량의 정보원은 더 만나 봐야할 터였다.

"천리표국?"

"예! 예!"

"지난번처럼 허접스러운 녀석들만 모여 있는 곳은 아닐 테지?"

"현재 항주에 모여든 황천비영의 세력 중 최대, 최고임을 자신할 수 있습니다."

"그럼 안내해."

"예! 예!"

이젠 버릇이 되어 버린 두 번에 걸친 복명을 끝마친 설중매가 휑하니 앞서 달려가기 시작했다.

굳이 뒤를 돌아보진 않았다.

따라오란 신호도 보내지 않았다.

그냥 내쳐 달렸다.

자신이 펼칠 수 있는 신법의 최고 속도를 마음껏 발휘했다. 그래 봤자 담대광의 손바닥을 벗어날 수 없음을 그동안의 경험으로 잘 알고 있었기 때문이다.

과연 그랬다.

스으!

공중으로 떠오른 담대광이 이내 한 가닥 귀영이 되어 그의 뒤를 따르기 시작했다.

보고도 믿기 힘든 속도다.

실체가 없는 허깨비처럼 단숨에 설중매의 뒤를 따라잡았다.

한데 갑자기 공중에 뜬 상태로 이동하던 담대광이 가끔씩 고개를 갸웃거렸다. 발작같이.

그의 의지가 아니다.

육체에 새겨져 있는 주술의 영향이다.

조금 더 정확하게 말하자면 연옥에서 강제로 소환된 불안정한 육체의 붕괴를 막기 위한 주술이 남긴 부작용이라 할 수 있겠다.

이미 죽었어야 할 존재!

현세에 존재해선 안 될 존재!

역천이라 할 수 있는 불가해의 존재!

그러한 조합의 총합인 담대광은 현재 수십 가지나 되는 주술과 사이한 대법의 힘을 빌려 가까스로 자신을 실체화하고 있었다. 현실에 존재하고 있었다.

물론 이건 어디까지나 담대광의 영혼이 부재했던 때문이다.

연옥에서 끄집어내질 당시 그의 육체는 텅 비어 있었다. 영혼이 빠져나간 인형이나 다름없었다. 그래서 지금같이 덕지덕지 주술과 사이한 대법이 덧씌워지는 게 용인되었다. 빈집 털이를 당한 셈이다.

그런 까닭에 담대광이 자신의 육체에 접속했을 당시는 그야말로 혼돈 그 자체나 다름없었다. 말 그대로 살육과 파괴의 본능만으로 가득한 육체에 휩쓸려 몇날 며칠을 폭주로 지새워야만 했다.

제어 불능의 상태!

살육과 파괴의 본능에 몸을 내맡긴 상태!

그러나 점차 음기로 가득했던 육체의 광기가 쇠하고, 영혼 본연의 양기가 강해지며 상황이 역전되었다. 육체의 광폭한 폭주가 잦아든 사이 담대광의 영혼이 불안정한 육체의 그릇에 안착하는 데 성공한 것이다.

'그래도 아직 이 망할 육체를 완전히 장악하지 못했다. 연옥에서 끄집어내질 때 불순물이 포함되어 버려서 완전한 영육(靈肉)의 합치가 이뤄지지 않기 때문이다. 파불, 그 고약스런 땡추는 죽어서까지 내게 엿을 먹이고 있는 건가?'

파불!

담대광의 부친인 태극무검선제의 동생이자 쌍신의 일좌였던 정파제일고수 소림신승..

숭산 혈사 당시, 그는 담대광과 대결하다 함께 연옥으로 끌려 들어가 성불했다. 사적으론 조카인 담대광을 구하기 위해 아낌없이 자기 자신을 소신공양했다.

게다가 담대광의 영혼이 몇 번이나 연옥을 탈출할 수 있었던 것도 그의 도움이 컸다. 혼자서는 결코 그 끔찍한 곳을 빠져나올 수 없었을 터였다.

한데 그러다 보니 문제가 발생했다.

쌍신의 육체가 연옥에서 하나로 뒤엉켜 버린 것이다. 서로에게 의지한 채 버티다가 개체로서의 독립성을 상실해 버린 것이다. 그런 채로 연옥에서 현실 세계로 끄집어내져 버린 것이다.

그래서 담대광은 영육의 합치에 실패했다.

극도로 불안정한 그릇에 억지로 안착하는 정도에 만족할 수밖에 없었다.

까닥! 까닥!

고개를 다시 흔들어 보이며 담대광이 내심 인상을 썼다.

'뭐, 그래도 계속된 신선한 피에 의한 정화로 발작은 어느 정도 제어할 수 있게 되었다. 몸집도 평상시대로 되돌리는 데 성공했고 말야.'

인간의 신선한 피.

생명의 젖줄. 모든 마공, 사공, 귀공, 주술, 사이한 대법의 기본 중 기본.

담대광은 현재 인간 생명력의 근본이라 할 수 있는 혈액을 대량으로 흡수하는 것으로 스스로를 정화하고 있었다. 수백, 수천 명의 생명력을 빼앗아 역천이라 할 수 있는 자신의 존재를 현실상에 유지시키려 했다.

그래서 설중매를 죽이지 않았다.

그를 이용해 신선한 피의 공급처를 제공받기 위함이었다.

천사련!

자신을 이런 꼴로 만든 첫 번째 원흉에게 빚을 받아 내었다. 이자에 이자를 더해서 아주 뼛골까지 빨아먹었다. 아직 음모의 핵심인 천사련주가 살아 있었기에 부족함을 느끼긴 했지만 말이다.

'천리표국이라고 했던가? 그곳을 시작으로 황천비영주에게도 동일한 방법으로 빚을 받아 낼 것이다. 뼛속까지 빨아먹어 주겠어. 크흐흐흐!'

음침한 미소와 함께 사유의 흐름을 거둔 담대광이 혀를 살짝 내밀어 입술을 가볍게 빨았다.

묘하게 붉은빛이 감돈다.

육체가 영혼에 영향을 주고 있었다.

어쩔 수 없는 변화였다.

그러다 담대광이 그 같은 점을 의식하곤 다시 고개를 갸웃해 보였다.

"아직 멀었느냐?"

설중매가 덜덜거리며 대답했다.

"곧 도착합니다! 바로 앞입니다!"

"과연 저기 보이는군! 내 먼저 갈 테니, 네놈은 이곳에서 기다리고 있거라!"

"예! 예!"

설중매가 복명과 함께 얼른 움직임을 멈췄다. 그러자 그의 머리 위로 담대광이 떠올랐다. 그리고 순식간에 사라져 버렸다. 마치 처음부터 존재하지 않았던 것처럼.

"으헉!"

놀란 마음에 털썩 바닥에 주저앉은 설중매가 땀과 먼지로 범벅이 된 얼굴을 소매로 훔쳤다.

그야말로 젖 먹던 힘까지 다해 달렸다.

그렇게 담대광이 몰아붙였다.

고수답지 않게 숨을 헐떡이며 그가 눈을 꼬옥 감았다. 곧 시작될 담대광이란 불온한 마신의 잔치를 차마 지켜볼 수 없었기 때문이다.

'내겐 다른 도리가 없었다! 다른 도리가 없었어! 다른 도리가 없었다고…….'

그때 천리표국 쪽에서 섬뜩한 비명이 들려오기 시작했다. 언제나와 마찬가지로 평온한 죽음 따위는 담대광에게 기대할 수 없는 온정임이 분명했다.

*　　*　　*

"으하아아암!"

방문을 열고 밖으로 나서며 소진엽은 늘어지게 기지개를 켰다.

입에 하품이 잔뜩 걸려 있다.

천무지회를 전후로 거의 십여 일간 밤마다 태극무한신공

을 최고조로 끌어 올린 채 항주 일대를 돌아다닌 여파였다. 자신을 땅속에 파묻고 사라진 사부 담대광을 어떻게든 찾기 위해 전력을 다한 것이다.

그러나 항상 한 발 늦는달까?

소진엽이 태극무한신공으로 불온한 기운을 파악하고 달려갈 때마다 발견할 수 있는 건 거대한 폐허뿐이었다. 끔찍한 대살육극이 벌어진 후 깨끗이 정리된 현장만이 항상 그를 반기고 있었다.

태극무한신공의 공효를 생각하면 그야말로 놀라운 일!

소진엽은 강한 위화감을 느꼈다.

자신이 모르는 곳에서 사부 담대광과 관련된 지독한 음모가 진행되고 있는 것 같았다. 그게 뭔지 모르겠다는 게 조바심을 일으켰다.

하지만 항주는 평상시와 다름없었다.

평온했다.

천무지회가 개최된 후 천사련 사교도들과 관련된 사건 사고까지 완연할 만큼 줄어들었다. 모든 이목이 천무지회에 집중되어 다른 자잘한 문제 같은 건 모두 덮여 버렸다.

'가장 큰 문제는 사부님과 만난 후 내 태극무한신공의 확장성이 제약을 받기 시작했다는 거야. 예전 같은 공효만 유지했어도 이렇게 매일같이 뒷북을 치는 꼴은 되지 않았을 텐데…… 설마 여기까지 사부님은 계산하셨던 것일

까?'

판단의 영역을 벗어난 의문이다.

답을 구할 수 있을 리 만무하다.

궁구하면 할수록 머릿속만 복잡해졌다. 좋지 않은 전개
다.

으쓱!

어깨를 한 차례 추켜 보인 소진엽이 멀리서 다가들고 있
는 장원록과 호연작을 향해 손을 들어 보였다.

"여어!"

장원록이 포권하고 호연작이 인상을 찌푸려 보였다.

"빨리도 일어난다!"

"결승전은 벌써 시작했나?"

"그랬으면 내가 여기 있겠나?"

"하긴……."

소진엽이 고개를 끄덕여 보이곤 장원록에게 말했다.

"장 소협, 사강전에서 아깝게 떨어져서 안됐군."

"실력이 부족했을 뿐입니다. 그보다 소 대협이나 장 도
장이 비무 대회에 참가하지 않아서 아쉬웠습니다."

호연작이 얼른 끼어들었다.

"내가 언제 비무 대회에 참가하지 않겠다고 했나!"

"하면?"

"나는 무림맹주에 도전할 작정이네!"

소진엽이 손을 흔들어 보였다.

"아서라."

"내게 자격이 없다고 생각하는 건가?"

"자격이야 있지. 하지만 만천하에 봉문한 곤륜파의 무공을 내보일 작정은 아닐 테지?"

"그, 그건……."

"뭐, 파문을 당한 것이나 다름없으니까 상관없으려나?"

"……그보다 네놈이야말로 요즘 밤에 뭘 하고 다니길래 대낮까지 잠만 처자는 거냐? 천무지회도 보는 둥 마는 둥 하고 말야!"

"나 대신 자네가 있잖아."

"내가 뭘?"

"오늘 결승전에 출전하는 수검봉 모용경 소저의 초상화를 그리려고 매일같이 무림맹으로 달려가고 있잖아. 그리고 내게 와서 미주알고주알 떠들어 대고 말야. 그래서 나도 여태까지 자네와 천무지회를 구경한 것이나 다름없었다는 거야."

"……."

호연작이 그답지 않게 낯을 붉힌 채 입을 다물었다. 소진엽이 한 말을 듣고 보니, 진짜 자신이 한심하게 느껴졌다. 마음속 깊숙한 곳에서 반성과 자숙의 감정이 치밀어 올랐다.

불끈!

그래서 갑자기 한 손에 힘을 준 그가 결심한 듯 외쳤다. 얼굴에 단호함이 서려 있다.

"더 이상 나 자신을 숨기지 않겠다!"

"무슨 짓을 하려고?"

"오늘 비무가 끝난 후 수검봉 모용 소저한테 가서 초상화를 그릴 수 있게 허락을 받을 거야!"

"허락해 주지 않으면?"

"몰래 그려야지!"

"여태까지와 달라진 게 없잖아?"

"내가 스스로 떳떳해지는 게 중요한 거지!"

"과연 자네답군. 상대의 의사 따윈 전혀 개의치 않고 의지를 관철하려 하니 말야."

"그게 바로 험난한 예술인의 길인 거야. 누구의 이해나 동의도 구하지 않고 나의 길을 가는 게지."

"……."

호연작이란 사람을 익히 알고 있었음에도 소진엽은 살짝 질리는 걸 느꼈다.

세상에 둘도 없을 터였다.

이렇게 확고하게 자신에게만 관대한 건 말이다.

'아니, 사부님을 빼먹었군. 사부님 역시 다른 의미로 누구의 이해나 동의도 구하지 않으니까 말야. 아니, 그럴 필

요 자체를 못 느끼시는 걸까?'

내심 사부 담대광을 떠올린 소진엽이 고개를 가볍게 저어 보이곤 장원록에게 말했다.

"장 소협, 슬슬 결승전이 시작될 시간이 된 게 아니오?"

"지금 바로 출발하면 적당한 때에 도착할 것 같습니다."

"그럼 갑시다."

장원록을 재촉해 무림맹으로 향하는 소진엽을 향해 호연작이 버럭 소리 질렀다.

"또 날 없는 사람 취급하는 거냐?"

"잘도 알아채는군."

"진짜 그랬던 거냐?"

"그냥 조용히 따라오면 나중에 내 좋은 기회를 주도록 하지."

"좋은 기회?"

"무림맹에는 쌍화 외에도 미인이 있잖아?"

"모용유 소저를 말하는 건가? 그 소저가 오는 건가?"

"팔강전에서 일찌감치 탈락해서 시간이 남는다고 하더군."

"오오오오!"

호연작이 괴성을 지르며 소진엽에게 달라붙었다. 찰거머리처럼 절대 떨어지려 하지 않았다.

그런 그를 간단히 손으로 밀어낸 소진엽이 장원록을 바

라보며 빙긋이 미소 지었다.

모용유에게 예선 통과증을 돌려준 터.

사강에서 탈락한 장원록이야말로 그가 무림맹을 드나들 수 있는 유일한 수단이었다. 사부 담대광 때문에 태극무한 신공의 확장성이 손상당한 지금으로선 말이다.

'다시 생각해도 아쉽군. 조금만 더 여유가 있었으면 태극무한신공을 이용해서 어느 누구도 날 알아보지 못하게 할 수 있었을 텐데…….'

충분히 가능하다고 생각했다.

무림맹에서 음선 제갈약란과 재회한 후 확신을 가졌다.

그녀나 검왕 모용척 같은 최정상급의 고수에게도 태극무한신공의 공효가 발휘될 수 있다는 것을 말이다.

그러나 이젠 틀렸다.

완전히 실패해 버렸다.

정교하게 이어져 돌아가고 있던 톱니바퀴 중 하나가 담대광으로 인해서 궤도를 이탈했다. 다시 되돌리기 위해선 처음부터 하나하나 다시 톱니바퀴를 재배열해야만 하는 것이다.

그 작업이 쉬울 리 없다.

웬만한 사람은 아예 시도조차 할 수 없는 고난이도의 작업일 터였다. 자칫 시작도 해 보기 전에 미치거나 주화입마에 빠질 수도 있기 때문이다.

그 같은 생각을 하는 동안 세 사람은 무림맹 앞에 도달했다.

역시 사람이 많다.

무림맹 무사들의 통제에도 불구하고 난장판이나 다름없었다. 항주 일대에 거주하는 사람들 중 태반 이상은 모여든 것 같았다. 안면이 있는 자들끼리 삼삼오오 모여서 무림맹의 사대문 안에 들어가기 위해 줄을 서 있었다.

당연히 한쪽에서는 돈을 건 내기도 성행한다.

"무림맹의 전통적인 강호인 천룡신무대주 풍류쾌검객 제갈종호냐! 아니면 새롭게 떠오른 강호인 창천검무대주 수검봉 모용경이냐! 무림맹 총대주를 뽑는 비무 대회의 결승전 결과를 알아맞혀 보시오!"

"풍류쾌검객 제갈종호!"

"아니야! 수검봉 모용경 소저야!"

"이런! 떠들지만 말고 전낭들 가져와서 붙어! 진검 승부를 벌여 보라고!"

"줄을 서시오! 줄을 서!"

시장판이나 다름없는 인파를 헤치고 소진엽 일행이 무림맹 사대문 중 하나인 백호문을 통과했다. 장원록 덕분에 줄을 서는 수고는 피할 수 있었다.

한데 결승전이 벌어질 비무대로 향하던 그들에게 한 명의 무사가 다가들었다. 천무지회 기간 동안 무림맹 내부의 질서를 책임지고 있는 천룡신무대 무사였다.

"잠시만 기다려 주십시오."

장원록이 나섰다.

"본인은 산서 벽력당의 장원록이오."

"오! 사강전에 진출했던 미검봉명 장 소협이구료! 전날의 비무 결과는 아쉬웠소이다!"

"실력이 부족했을 뿐이지요."

"우리 대주님과 삼백초나 대등하게 대결한 분이 실력의 부족을 탓하다니요! 결승전 구경을 오신 것일 테지요?"

"그렇소."

"누굴 응원하실 겁니까?"

기대가 담긴 무사의 말에 장원록이 담담하게 웃어 보였다.

"소생을 이긴 사람을 응원하는 게 당연하지 않겠소?"

"역시 그렇지요?"

"하지만 수검봉 모용 소저 역시 무척 강해서 승부의 향방이 어찌 될지는 지켜봐야 알 것 같소."

'미검봉명…… 소문처럼 잘생기고 무공도 강하지만, 성격은 듣던 것과는 딴판이로군. 미래가 기대되는 인재야.'

내심 장원록에 대한 판단을 내린 무사가 은근한 표정으로 말했다.

"곧 결승전이 시작하니까 일행과 절 따라오십시오. 비무대에서 가까운 좋은 자리로 안내하겠습니다."

"부탁하겠소."

장원록이 대답과 함께 소진엽과 호연작을 불러들이려다 의아한 기색이 되었다. 소진엽이 그사이 모습을 감췄기 때문이었다.

"호 도장, 소 대협은 어디 가셨지요?"

호연작이 인상을 쓴 채 고개를 저어 보였다.

"해가 중천에 뜰 때까지 처잔 주제에 또 배에서 신호가 온다는군."

"그렇습니까······."

"뭐, 그 인간이야 기다리면 또 불쑥 나타날 테니 우리끼리 갑시다. 곧 결승전이 시작된다지 않은가."

"······예."

장원록이 대답하자 무사가 묘한 기색으로 고개를 갸웃해 보였다.

'또 누가 있었나? 분명 처음부터 두 사람밖엔 없었던 것 같은데······.'

애초 무사에게 태극무한신공을 일으킨 소진엽을 간파할 만한 능력은 없었다. 현재 무림맹에 모인 사람들 전체를 통틀어도 그럴 만한 자는 두어 명밖엔 존재하지 않을 테니까.

어슬렁! 어슬렁!

장원록등과 헤어진 소진엽은 느긋한 표정을 한 채 비무대로 향했다.

　중간중간 몇 번의 검문이 있었으나 그에겐 큰 문제가 되지 않았다. 확장이 제한된 태극무한신공으로서도 평범한 무력을 지닌 무사 몇 명의 눈을 속이는 정도는 쉬웠기 때문이다.

　그런 그의 눈에 익숙한 얼굴이 보였다.

　모용유다.

　'팔강전에서 떨어진 후 한동안 의기소침해 있더니, 이제 괜찮아진 것 같군.'

　내심 피식 웃어 보인 소진엽이 모용유에게 다가갔다.

　"여어!"

　모용유가 흠칫 놀란 기색이 되었다.

　"여기가 어디라고 온 거예요!"

　"여기야 무림맹이지."

　"그러니까 하는 말이에요! 지금 당신한테는 통과증도 없잖아요!"

　"그러게 말야."

　"으아!"

　어깨를 가볍게 으쓱해 보이는 소진엽을 보고 모용유가 거의 비명을 지르기 직전의 얼굴이 되었다.

　그러다 얼른 자신의 입을 손으로 막는다. 혹시라도 주변

의 주의를 끌어서 소진엽이 난처한 상황에 처할까 봐 걱정
되었기 때문이다.

"이리 와 봐요!"

"어……."

그녀가 소진엽의 손을 붙잡고 사람이 드문 곳으로 끌어
들였다. 일단 시선을 피하자는 의도였다.

소진엽이 그녀에게 끌려가며 말했다.

"너무 걱정할 필요는 없어. 나는 무림맹에 친구가 있으
니까 말야."

"친구? 어떤 친구를 말하는 거죠?"

"나로 하여금 무림맹에 들어오게 해 줄 정도의 힘이 있
는 친구라는 것까지만 말하기로 하지."

"흥! 나를 못 믿겠다는 거로군요?"

"그렇게 극단적으로 말할 것까지는…… 이제야 손을 놓
는군."

소진엽의 손을 놓은 모용유가 한 손가락을 추켜올린 채
말했다.

"그래서 왜 무림맹에 온 거예요? 설마 아경 언니를 만나
기라도 하려고 온 건 아닐 테지요?"

"내가 그럴 수는 없지."

"그럼 뭐예요?"

"작별 인사를 하러 온 거야."

"자, 작별 인사요?"

"그래, 아무래도 오늘이 지나면 다시 볼 수 없을 것 같아서 말야……."

여운이 깃든 소진엽의 말에 모용유가 곁으로 다가들었다. 얼굴에 걱정스런 기색이 완연하다.

"당신 뭔가 사고라도 친 거예요?"

"아직은 치지 않았어."

"아직은? 그럼 곧 치겠다는 건가요?"

"그럴지도."

"아! 또 이런다!"

발을 동동 구르며 화를 내던 모용유가 흠칫 놀란 기색이 되었다. 갑자기 비무대 쪽에서 우레와 같은 함성이 터져 나왔기 때문이다.

소진엽이 히죽 웃어 보였다.

"결승전이 시작되었군."

"당신 때문에 시작하는 걸 놓쳤잖아요!"

"그러니 어서 가 봐. 정인과 언니의 대결을 놓쳐선 곤란하잖아."

"그 입 다물지 못해요!"

빽 소리를 지른 모용유가 소진엽에게 다짐하듯 말했다.

"여기서 기다리고 있어요! 다음 얘기는 결승전이 끝난 후에 와서 들을 테니까."

"그러지."

"꼭이에요! 꼭 기다려야 해요!"

재삼 다짐을 받은 모용유가 성광비천신법을 펼쳐 비무대로 신형을 날렸다.

소진엽이 말한 대로다.

정인으로 생각하는 제갈종호와 언니 모용경!

두 사람의 결승전을 그녀는 절대 놓칠 수 없었다. 혹시 세상에서 가장 사랑하는 두 사람 중 하나가 비무 중 다칠 수도 있었기 때문이다.

그렇게 멀어져 가는 모용유를 한참 바라보던 소진엽이 나직하게 중얼거렸다.

"결승전을 참관하는 자들 중 무당파 장문인 신산진인이 포함되어 있는 건 확실할 테지?"

슥!

그의 배후로 그림자 하나가 떨어져 내렸다. 명객이다.

"그렇소이다."

"다른 무당 제자들의 동향은?"

"아직까지는 특별한 움직임을 보이지 않고 있소이다. 아무래도 무림맹 내에선 움직임에 제약이 많을 수밖에 없지 않겠소이까?"

"그럴 테지."

"한 가지 궁금한 점이 있소이다."

"어째서 무당파 장문인을 현시점에서 만나려 하냐고?"

"그렇소이다. 그동안 나와 명부귀살이 파악한 게 확실하다면 신산진인은 천사련과 육선문 양쪽에 모두 발을 걸치고 있소이다."

"정황상으론 분명 그렇지."

"즉! 그는 엄청난 거물이란 것이오. 당신이 굉장한 무공을 지닌 능력자란 건 인정하지만 그런 거물에게는 간여하지 않는 게 좋을 것이오."

"날 걱정해 주는 건가?"

"어찌 됐든 나와 명부귀살의 주인이 된 사람이니 당연한 게 아니오?"

"그렇군."

천천히 고개를 끄덕여 보인 소진엽이 명객에게 히죽 웃어 보였다.

"자네한테만 말하는 건데, 이건 내 사문과 관련된 일이야."

"사문이라면……."

"내가 사실 무당파의 제자거든."

"……."

잠시 침묵한 명객이 침중한 기색으로 말했다.

"방금 전 내가 한 말은 잊어 주시오."

"그러지."

"그럼 일단 본인은 명부귀살과 함께 무림맹에서 철수하도록 하겠소."

"그러도록 해."

소진엽의 응락과 함께 명객이 다시 그림자로 화했다. 그리고 그때 다시 비무대 쪽에서 터져 나온 대함성!

'생각보다 일찍 승부가 결정될 모양이로군. 모용 대주의 무공이 근래 일취월장(日就月將)한 것일지도⋯⋯.'

내심의 중얼거림과 함께 소진엽이 태극무한신공을 움직였다.

목표는 비무대 위의 귀빈석!

그중 동류의 무공을 연마한 신산진인에게 기를 집중시켰다. 그가 스스로 자신에게 찾아오게끔 하기 위함이었다.

*　　　*　　　*

천리표국.

세상에 알려진 것보다 훨씬 강력한 무력 집단이 집결해 있던 이곳은 현재 피바다로 변해 있었다.

느닷없이 뛰어든 대마신 담대광!

그가 일으킨 피의 잔치로 인해 수백이 넘던 황천비영주 경황야의 심복 무사들이 전멸했다. 한 명도 살아남지 못했다. 도망치지 못했다. 극렬한 공포 속에 절대 피할 수 없는 죽음을 그대로 맞이해야만 했다.

그리고 불행하게도 마지막까지 살아남은 자!

천리표국주 유운대협 안홍면이 사지가 잘린 채 피바다 속에서 절규하고 있었다.

"죽여 줘! 죽여 줘! 제발 날 죽여 줘!"

담대광이 손에 맺힌 피를 혀로 핥으며 말했다.

"그래서 네놈의 주인인 황천비영주는 지금 무림맹에 가 있다는 거지?"

"그래! 그래! 그러니까 날 죽여 줘! 제발 죽여 줘!"

"원하는 대로 해 주지."

그 말과 동시였다.

핏!

안홍면의 전신에서 핏물이 솟구쳐 담대광의 입속으로 빨려 들어갔다. 드디어 바라던 대로 죽음을 맞이한 것이다.

할짝!

담대광이 혀로 붉은 입술을 핥고 시선을 무림맹 쪽으로 던졌다.

핏물에 담군 듯 진홍색으로 물든 마안!

입가엔 어느새 진득한 살소가 번져 나오고 있다.

"무림맹이라! 굳이 복수를 뒤로 미룰 필요는 없겠지?"

까닥! 까닥!

발작적으로 고개를 흔들어 보인 담대광의 전신에서 어둠

의 날개가 돋아났다. 삽시간에 태양의 양광을 가로막아서
주변을 어둠 속에 가둬 버렸다.

　그리고 날아오른다.

　태양을 향해 곧장 치솟아 올랐다.

　검은색 날개로 천하를 뒤덮어 버리기라도 하려는 것처
럼.

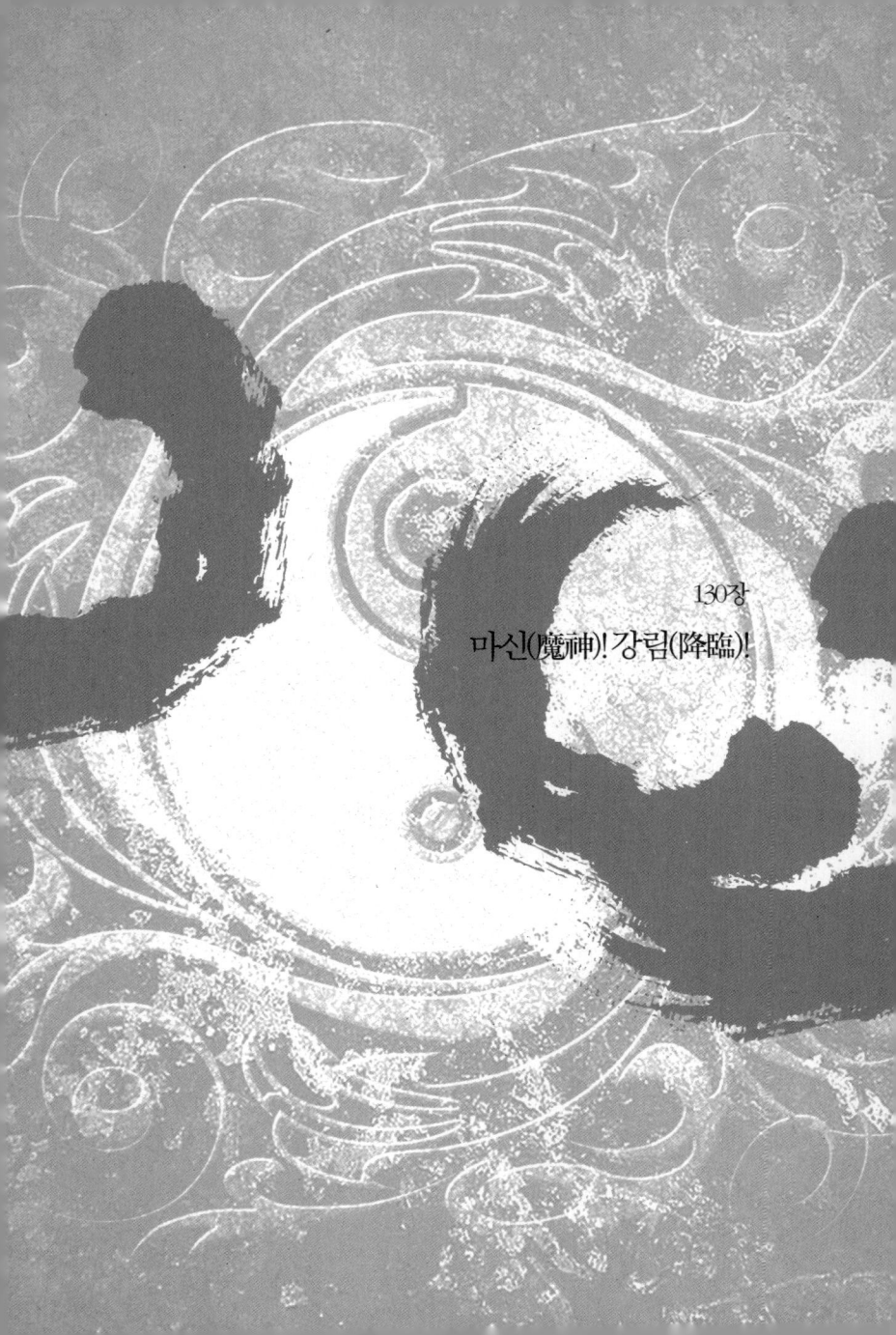

130장

마신(魔神)! 강림(降臨)!

검 대 검!

정직하게 맞부딪친 두 개의 검은 빠르고, 화려하고, 강했
다. 명문의 수백 년 세월 동안 다듬어진 검결, 검초, 검식이
오랜 실전을 통해 갈고닦아졌다.

불필요한 구석 따윈 단 하나도 없다.

남겨 놓지 않았다.

모든 동작이 간결하고 분명한 목적성을 띠었다. 정확하
게 상대방을 제압하기 위해 움직이고 있었다. 변화를 만들
어 내고 있었다.

물론 차이와 고하는 존재했다.

남성적인 힘이 넘치는 제갈종호의 검!

극단적일 만큼 빠르고 날카로운 모용경의 검!

검에 실린 힘은 제갈종호가 나았고, 속도는 모용경이 우위였다.

결국 결정적인 차이는 단호함에서 드러났다.

상대를 이기고자 하는 마음의 굳건함에서 승부의 추가 한쪽으로 기울기 시작한 것이다.

스파앗!

일순 품속으로 돌격해 온 모용경의 검이 복부를 찔러 오자 제갈종호가 헛바람을 들이켰다. 진짜로 배가 관통당한 듯한 착각에 빠졌기 때문이었다.

그러나 어느새 모용경은 뒤로 물러서 있었다.

엉겹결에 내려친 제갈종호의 검을 피하기 위함이었다.

물론 잠시뿐이었다.

곧 그녀의 검격이 다시 파고들었다. 제갈종호의 검을 어지럽게 만들며 간격을 좁혀 들어왔다. 어느새 그의 검법이 지닌 허점을 완전히 간파했음이 분명했다.

주춤! 주춤!

제갈종호가 자신도 모르게 뒤로 물러섰다.

그럴 수밖에 없었다.

그러지 않고선 모용경의 이 맹렬한 돌격을 감당치 못한다.

그의 극도로 예민해진 감각이 그런 판단을 내렸다. 몸의 신호를 외면할 수 없었다.

그러나 이곳은 비무대!

일반적인 전장이 아니었다.

무수히 많은 사람들이 모여서 두 사람의 대결을 구경하고 있었다. 한정된 공간 안에 밀어 놓고 반드시 단 한 명의 승리자가 나오기를 기다리고 있었다. 무언중에 강요해 대고 있었다.

그래서인가 환호성조차 잦아들었다.

모두 알고 있는 것이리라.

두 사람의 승부가 이미 그 끝을 향해 다가가고 있음을.

흠칫!

문득 자신이 더 이상 물러설 곳이 없음을 눈치챈 제갈종호의 얼굴에 가벼운 경련이 스쳐 갔다.

미세한 변화다.

승부처에 드디어 도달했음을 안 거다.

패앵!

그의 검이 변화를 일으켰다.

그냥이 아니다.

여태까지와는 다른 강력한 기운을 담았다. 뒤로 밀려나는 동안 차곡차곡 쌓아 놨던 내력을 한꺼번에 검신에 쏟아 낸 것이다. 그러기 위해 본능을 억눌러 왔다.

쩡!

모용경의 검이 튕겨 나갔다.

강력한 검경에 부딪쳐서 특유의 속도가 현저히 떨어졌다. 얼핏 보니 검을 쥔 호구에서 핏물이 흘러내리고 있다. 갑자기 승부의 추가 반대편으로 기울어 버린 것이다.

'한 번 더!'

제갈종호가 내심 눈을 빛내며 다시 검경을 불어 넣은 검격을 날렸다.

모용경의 요혈이 목표가 아니다.

검!

우월한 내력을 잔뜩 불어 넣은 검격으로 그녀의 검을 부숴 버리려 했다.

채앵!

이번에는 모용경도 대비했다.

순간 검신을 비틀어서 제갈종호의 검격을 흘려보낸 것이다.

하지만 완벽하진 못했다.

비틀!

그녀의 섬세한 신형이 거의 비무대 바닥에 나뒹굴 정도로 무너져 내렸다. 검격에 담긴 힘이 그녀의 예상을 훌쩍 상회했음이 분명하다.

"우와아!"

"우와아아아아아!"

기다렸다는 듯 비무대 아래에서 함성이 터져 나왔다. 갑자기 바뀌어 버린 승부의 향방에 완전히 광란의 도가니가 되어 버린 것이다.

하지만 그것도 잠시뿐.

스으—팟!

그때 승부를 끝내기 위해 제갈종호가 날린 검격을 피해 모용경이 가볍게 신형을 공중으로 띄워 올렸다.

하얀 꽃잎!

따뜻한 조양 아래로 아름답게 나부낀다.

그런 착각과 함께 하얀 무복과 하나가 된 모용경의 검이 햇빛을 가르며 떨어져 내렸다.

검신합일!

쩡!

그에 맞춰 제갈종호 역시 검격을 날렸다.

하나는 위에서 아래로!

다른 하나는 아래에서 위로!

정검(正劍)과 역검(逆劍)의 격돌!

제갈종호의 신형이 휘청거렸고, 모용경의 신형은 다시 하늘로 날아올랐다. 승부를 가릴 수 없었던 것이리라.

그러자 다시 모용경이 공중에서 신형을 회전하며 떨어져 내렸다. 또다시 검신합일이다. 그렇게 검과 하나가 되어 제갈종호의 강력한 검경에 맞서 갔다.

"큭!"

제갈종호의 입에서 처음으로 신음이 터져 나왔다.

비로소 모용경의 의도가 뭔지를 알겠다. 이런 식으로 자신의 부족함을 메워서 승부의 추를 중간으로 돌려놓았다. 회심의 한 수를 파훼해 버린 거다.

'그러니 이젠 내 강검(强劍)과 그녀의 경공과 하나가 된 속검(速劍) 중 어떤 게 먼저 지쳐서 나가떨어지느냐의 승부다! 내력 대결이나 다름없어진 거야!'

내심 곤란해졌다고 눈살을 찌푸린 제갈종호가 검에 힘을 더욱 집중시켰다.

극단적인 상황!

이젠 끝까지 갈 수밖에 없게 되었다.

승부를 포기할 순 없으니까.

'이 승부, 길어지겠구나!'

공중에서 또다시 검과 하나가 된 모용경의 눈에 신광이 일었다.

그녀 역시 제갈종호와 비슷한 판단을 내렸다.

그의 강검이 예상을 뛰어넘을 정도로 강력했기 때문이다.

그래서 잡았다고 생각했던 승기를 놓쳐 버렸다.

'어쩌면 애초부터 이렇게 되길 기다리고 있었던 것일지

도. 제갈 대주, 생각 이상으로 강한 사람이다. 하지만 나에겐 절대 그에게 패해선 안 되는 이유가 있다!'

문득 떠오르는 얼굴이 있다.

소진엽!

여전히 그녀의 가슴에 의문 부호로 남아 있는 남자. 아직 포기하지 못한 마음. 어리석은 여인네의 미련…….

그를 다시 만나야만 했다.

그래서 확인해야만 했다. 그러지 않고선 결코 다시는 앞으로 나아갈 수 없을 터였다.

그래서 그녀는 검에 힘을 가했다.

찢어져 피가 흘러내리는 호구를 개의치 않았다.

그렇게 다시 검과 하나가 되어 제갈종호를 향해 떨어져 내렸다. 성광비천검법의 절초를 연달아 쏟아부었다. 마치 날개가 달린 사람처럼 공중을 자유자재로 오가면서 말이다.

쩡! 쩡! 쩡!

그렇게 비무대 위에서 한동안 두 사람의 독특한 격전이 벌어졌다.

교착!

한동안 끝나지 않을 것 같이 이어진다.

비무대의 한편.

귀빈석에 모여 있던 절대 고수와 명숙들의 표정이 흥미진진해졌다.

보기 드문 강검과 속검의 대결!

게다가 공중전까지 가미되었다. 모용경이 펼치는 성광비천신법의 경지는 그 같은 착각을 능히 가능케 했다.

총군사 제갈묘재가 부채로 얼굴을 가린 채 곁에 앉아 있는 음선 제갈약란에게 나직이 말했다.

"누가 이길 것 같으냐?"

"제가 응원하고 있는 사람이 이길 것 같군요."

"응원하고 있는 사람?"

"생각하고 있는 사람은 아닐 겁니다."

"내가 생각하는 사람은 아니다? 그렇다면 정말 예상 밖의 결과가 벌어지겠구나."

눈살을 가볍게 찌푸린 채 제갈묘재가 그와 조금 멀리 떨어져 있는 검왕 모용척을 노려봤다. 전 강남문파연합의 주축 문파 수장들과 함께 자리한 그가 의기양양해할 걸 생각하니 은근히 배가 아파 왔기 때문이다.

잠시뿐이었다.

곧 그의 시선이 모용척을 떠나 다른 쪽으로 향했다. 특별한 세력 없이 독행하는 고수들이 모여 있는 곳에 자리한 회색 무복 차림의 장년인에게 집중한 것이다.

그냥 보는 것만으로도 비범함이 느껴지는 자!

무학의 경지를 쉽사리 간파할 수 없어서 더욱 신경 쓰였다. 십여 년 전 이미 정파 십이세의 일좌에 오른 자이니 어쩌면 당연할지도 모르겠다.

'허허, 지금 이때에 무명고검이 나타나다니! 정말 세상은 예측을 벗어난 일이 종종 벌어지곤 해서 재밌단 말야. 무당파 장문인 신산진인 외에 또다시 이런 불안 요소가 등장할 줄은 몰랐거늘……'

내심 웃음을 흘린 제갈묘재가 이번에는 몇 명밖엔 없는 구대문파 자리를 지키고 있는 신산진인을 바라봤다. 그의 주변에 사람이 부족한 것만으로 현 무림의 인심의 향방을 알 수 있었다. 적어도 천무지회가 열리는 중인 무림맹 내에서는 그러했다.

그 같은 제갈묘재의 내심을 간파한 것인가?

갑자기 눈을 반개하고 있던 신산진인이 제갈묘재에게 시선을 던져 왔다.

흠칫!

제갈묘재는 저도 모르게 어깨를 가볍게 떨었다. 문득 신산진인의 투명한 눈빛이 뇌전처럼 뇌리 속으로 파고든 것 같았다. 보이지 않는 화살처럼 말이다.

잠시뿐이었다.

곧 그는 자신의 실태를 눈치채고 입가에 어설픈 미소를 매달았다. 당황을 숨기기 위함이었다.

"허허……."

그러나 이미 신산진인은 그에게서 시선을 돌린 상태.

뿐만 아니다.

갑자기 의자에서 신형을 일으킨 그가 비무대 아래로 훌쩍 신형을 날려갔다.

제운종!

한때 정파 삼대 신법 중 하나로 손꼽히던 변화를 일으키며 단숨에 비무대 주변에 모여든 군중을 뛰어넘었다. 어떤 말보다 강력하게 자신의 존재감을 드러낸 것이다.

"우와아!"

"우와아아아아!"

비무대 위에서 벌어지고 있는 치열한 결승전에 잔뜩 긴장해 있던 군중들이 다시 환호성을 터뜨렸다. 그만큼 신산진인이 펼친 제운종은 그야말로 격이 달랐다. 완전히 새로운 세상이 활짝 펼쳐진 것이나 다름없었다.

그러나 군중의 환호성은 곧 방향을 잃어버렸다.

그럴 수밖에 없었다.

순식간에 그들을 환호하게 만든 신산진인이 자취를 감춰 버렸기 때문이다.

*   *   *

비무대를 떠난 신산진인이 도착한 곳은 인적이 드문 가산 앞이었다.

결승전이 벌어지고 있는 비무대에 잔뜩 집중된 관심!

그 관심이 이렇게 한가한 장소를 허락했다.

이상할 만큼 주변은 조용했고, 앞으로도 한동안은 그럴 것 같았다.

'그보다 저자는……'

신산진인이 주변에 대한 탐문을 끝낸 후 자신을 향해 손을 들어 보이는 소진엽을 바라봤다.

회수된 지 그리 오래지 않은 귀원일여의 연기법!

오로지 무당파의 핵심 고수들만 존재를 알고 있는 신공의 기운에 이끌려 그는 비무대를 떠나왔다. 무엇보다 이에 대한 확인이 우선이란 판단을 내린 까닭이었다.

그런데 그 대상이 소진엽이라니!

"늦었군."

"당신은……."

"태극검주요. 아직 그 권위를 인정하고 있소?"

신산진인이 천천히 고개를 저어 보였다.

"태극검주란 지위는 전대 장문인께서 임시변통으로 만든 것. 빈도 앞에서 그 같은 권위를 행사할 수는 없을 것일세."

"그렇군."

소진엽이 천천히 고개를 끄덕여 보였다. 그다지 실망한 기색은 아니다.

신산진인 역시 그리 생각했으리라.

"처음부터 이렇게 될 줄 알았던 것인가?"

"대충은."

"그런데 빈도를 이런 곳으로 불러냈다는 건……."

잠시 말끝을 흐린 채 소진엽을 바라보던 신산진인이 미미하게 고개를 끄덕여 보였다.

"……그렇군. 그렇게 된 것이야. 어디까지 알고 있는 건지 물어봐도 될까?"

"그리 많진 않소. 당신이 천사련과 육선문 모두에게 발을 걸치고 있다는 것 정도랄까? 그리고 어쩌면 전 장문인의 갑작스런 죽음과도 관련이 있을지도 모르지."

"……."

신산진인의 눈빛이 가벼운 떨림을 보였다.

소진엽을 본 순간 어느 정도 짐작하고 있었다. 자신의 행적 중 일부가 그에게 들통 났다는 것을 말이다.

그러나 이렇게 직설적으로 지적을 당할 줄이야!

특히 전 장문인 모살 부분이 아팠다. 무당파의 미래와 대의를 위한 어쩔 수 없는 선택이었다곤 하나 결코 용서받을 수 없는 죄악이었기 때문이다.

잠시뿐이다.

곧 신산진인이 평온을 되찾았다.

소진엽에게 전달받은 귀원일여의 연기법으로 완성된 태극경 덕분에 그의 무공은 과거에 비해 일취월장한 상태였다. 천사련의 사공이 더해진 상태임을 감안하면 정파 십이세와의 맞대결에서도 결코 밀리지 않을 자신이 있었다.

기감의 확장!

주변의 인적이 극히 드문 상태임을 재확인한 신산진인이 천천히 검을 뽑아 들었다.

무당파 장문인의 상징인 칠성보검이 아니다.

평범한 송문고검이었다.

진무각주 시절부터 함께 해온 애검으로 소진엽을 죽이고, 자신의 죄악을 파묻으려한 것이다.

소진엽이 어깨를 가볍게 추어 보였다.

"변명은 하지 않겠다는 뜻으로 받아들이지."

"무량수불!"

"덤벼!"

소진엽의 짤막한 일갈과 함께였다.

스으—팟!

신산진인이 송문고검으로 태극혜검의 변화를 만들며 소진엽에게 파고들었다.

중검무봉!

천지를 붕괴시킬 정도의 중량감이 소진엽에게 밀려들었

다. 노도처럼 대기를 극한까지 압축시켜 왔다.

그러나 이미 소진엽은 태극무한신공을 발동시켜 놓은 상태!

신산진인의 돌진은 섶을 짊어지고 불속으로 뛰어드는 것이나 다름없는 행동이었다. 모든 무당파 무공의 정점이자 파훼심법인 태극무한신공의 품속으로 뛰어들었기 때문이다.

지잉!

신산진인의 송문고검이 소진엽을 바로 코앞에 둔 채 멈췄다.

검끝이 흔들린다.

미세한 떨림을 일으킨다.

중검무봉에 의해 한계까지 압축된 대기가 폭발을 일으키기 직전에 거대한 장벽을 만났다. 어떠한 방법으로도 돌파할 수 없는 장벽에 막혀 어찌할 바를 모르고 있었다.

반동이 일어나는 건 당연한 결과!

곧 떨림이 멈추며 신산진인의 청수한 안색이 폭발할 듯 검붉게 물들었다. 태극무한신공의 장벽에 부딪쳐 튕겨 나온 중검무봉의 반동이 모조리 그에게 돌아간 여파였다.

빙글!

그래서 신산진인이 신형을 회전시켰다.

원원도도!

부러질 듯 휘어진 송문고검과 함께 자신을 향해 폭발한 중검무봉의 기운을 원운동시켰다. 이화접목의 수법으로 스스로를 보호한 것이다.

아니다.

그럴 수가 없었다.

그의 이화접목이 또다시 장벽에 부딪쳤다. 태극무한신공이 그의 전신을 휘어 감고서 기운을 다른 쪽으로 흘려보내는 걸 막아 버렸다. 그렇게 움쭉달싹도 못하게 만들었다.

"크으!"

결국 괴로운 신음을 토한 신산진인이 송문고검을 던졌다.

소진엽을 향해 비검을 날렸다.

중검무봉의 무거움에 원원도도의 이화접목을 덧붙여서 소진엽이 쳐 놓은 태극무한신공의 장벽을 뚫으려 했다. 그렇게 승부를 걸었다.

그러나 여전히 태극무한신공의 벽은 강했다. 철옹성이었다.

파창!

송문고검이 비명을 터뜨렸다.

소진엽의 근방에도 도달하지 못한 채 두 토막으로 부러졌다.

그리고 그와 동시다.

"으아아!"

하늘을 향해 비명에 가까운 괴성을 토해 낸 신산진인의 눈에서 눈부신 백광이 터져 나왔다.

천사백안!

그것으로 끝이 아니다.

곧 백광의 중간에 적안이 떠오르더니, 연이어 몇 개나 되는 빛깔로 변해 갔다. 소진엽을 제압하기 위해서 천사교의 안공 중 최고봉이라 할 수 있는 천사멸절안(天邪滅絕眼)을 발동시킨 것이다.

그건 효과가 있었다.

무당파 무공에 절대적인 제어력을 발휘하던 태극무한신공의 장벽의 한구석에 작은 구멍이 생겼다. 천사멸절안을 접한 소진엽이 심맥에 타격을 입은 때문이다.

하지만 단지 그것뿐.

가까스로 태극무한신공의 장벽을 빠져나온 신산진인이 갑자기 전신을 부들거리며 떨었다. 입에서 꾸역꾸역 피가 터져 나왔다. 천사멸절안이 소진엽뿐 아니라 그 자신에게도 심대한 내상을 입힌 것이 분명하다.

슥!

소진엽이 그런 그에게 다가들었다.

일보삼장세!

하늘을 향해 추켜올린 수장에 깃든 건 단천뢰심강이다.

천공의 뇌전을 담아서 신산진인의 천령개를 내려쳤다.

빠각!

"안 돼!"

갑자기 비무대에서 사라진 신산진인을 찾아서 무림맹 일대를 이 잡듯 뒤지던 적운이 버럭 노성을 터뜨렸다.

뿐만 아니다.

그는 이미 유운신법을 극한까지 펼친 채 신검합일에 들어가 있었다. 소진엽에게 제압되어 피를 사발로 게워 내고 있는 신산진인을 발견한 까닭이었다.

그러나 한 발 늦었다.

그가 도달하기 전에 소진엽의 단천뢰심강은 신산진인의 천령개로 떨어져 내렸다. 승부를 끝장내 버렸다.

풀썩!

바닥에 힘없이 무너져 내린 신산진인의 모습에 적운의 눈에 핏발이 섰다. 중간에 기혈이 들끓어 올라 혼절할 것만 같았다. 그 정도로 격분했다.

반면 소진엽은 냉정했다.

티앙!

그의 손가락이 적운의 신검합일을 튕겨 냈다. 검기로 휩싸인 검면을 때려서 자신에 대한 공격을 원천적으로 봉쇄해 버렸다.

우당탕!

적운이 바닥을 나뒹굴었다.

신산진인 때와 마찬가지다. 그의 무공의 근본을 이루고 있는 무당지공은 절대 태극무한신공에 저항할 수 없었다. 한참이나 커다란 어른을 만난 갓난쟁이처럼 아무런 힘도 쓰지 못하고 제압당했다.

그래도 그는 일어섰다.

끝내 놓치지 않았던 검을 지팡이 삼아 힘겹게 신형을 일으키곤 탄검기의 자세에 돌입했다. 본능적으로 소진엽에게 무당파 무공을 사용해선 안 된다는 걸 간파한 때문이다.

소진엽이 경고하듯 말했다.

"적운, 그만두는 게 좋다!"

"너는 사부님을 죽였다! 내 사부님을 죽였어!"

"태극검주로서 장문인을 모살하고, 기사멸조의 대죄를 지은 반역도를 징치했을 뿐이다!"

"……"

"천사련이나 황천비영과 손을 잡은 건 좋다! 하지만 장문인을 죽인 건 절대 용서할 수 없다! 적운, 너는 무당파의 제자로서 그런 자를 용납할 수 있다는 것이냐?"

"그, 그건……."

"네 고뇌를 이해한다. 나 역시 너와 똑같은 상황에 처했다면 같은 선택을 했을지도 모르니까. 하지만 내게 복수하고 싶다면 지금은 그만두는 게 좋다.”

“……내가 널 이길 수 없기 때문이냐?”

“잘 알고 있군. 네가 지금 내게 덤벼든다면 그건 헛되이 개죽음을 당하는 거나 다름없다. 사부의 복수의 하지 못하고 말야. 그래도 좋은 거냐?”

“나는…… 나는…….”

머뭇거리는 적운을 보고 소진엽이 갑자기 발끝으로 신산진인을 툭 건드렸다.

그러자 또다시 일어난 태극무한신공!

삽시간에 신산진인의 전신을 휘어 감더니, 놀라운 기적을 연출해 냈다. 그에게 회광반조(廻光反照)를 일으켜 잠시 의식이 돌아오게 만든 것이다.

꿈틀!

힘겹게 눈을 뜬 신산진인이 적운을 바라봤다. 그리고 입술을 달싹거린다.

— 살아라! 살아남거라! 무당을 위해서…….

그게 끝이었다.

그것으로 회광반조는 끝이 났다.

태극무한신공에 의해 일어났던 기적은 순식간에 사라졌다. 신산진인에게 마지막 유언을 남기게 한 후 봄날의 아지랑이처럼 종적을 감춰 버렸다.

풀썩!

두 번째로 그가 고개를 숙였다. 적운의 울부짖음 속에 명을 다한 것이다.

'응? 이건…….'

통곡하는 적운을 뒤로하고 신형을 돌려세우던 소진엽의 안색이 심각하게 굳었다.

갑자기 제한되기 시작한 태극무한신공!

또다시 기시감이 든다.

아주 기분 나쁜 종류다. 사부 담대광과 관련된 것이었기 때문이다.

그리고 찾아든 일식!

갑자기 무림맹의 하늘이 어둠 속에 파묻혔다. 마치 해가 전설의 늑대에게 덥석 깨물려 버린 것처럼 말이다.

'……사부! 사부님이 이곳에 왔다!'

오싹!

소름이 돋는 기분과 함께 소진엽이 비무대를 향해 신형을 날렸다. 만약 담대광이 무림맹에 나타난 게 사실이라면, 그가 최종적으로 향할 장소는 단 한 곳으로 귀결될 터였기 때문이다.

*   *   *

슥!

천리표국을 떠난 담대광이 무림맹 앞에 떨어져 내렸다.

검은 날개!

무한대에 가깝게 펼쳐진 어둠이 무림맹의 목전에까지 도달했다.

흡사 일식이라도 일어난 것 같은 광경!

그러자 무림맹 내에서 벌어지고 있는 결승전을 구경하기 위해 사대문 앞에 모여 있던 군중들 사이에서 소란이 일어났다. 굳이 길게 생각하지 않더라도 담대광의 등장은 결코 범상하지 않은 일이었기 때문이다.

"뭐, 뭐야!"

"도, 도대체 무슨 일이 벌어지고 있는 거야?"

"뭔지는 모르겠지만 정말 굉장한데! 진짜 굉장한 고수가 등장한 거 아냐?"

그때 군중들의 웅성거림을 뚫고 담대광이 무림맹을 향해 걸어갔다. 어느새 검은 날개는 사라지고 어둠은 자취를 감췄다. 마치 처음부터 존재하지 않았던 것처럼 그리되었다.

우르르!

그러자 담대광을 향해 무림맹의 백호문 안쪽에서 몇 명의 무사들이 뛰쳐나왔다. 천무지회 때문에 특별 경계 태세에 들어간 천룡신무대의 정예 무사들이었다.

스슥!

스사사삭!

무림맹을 대표한다는 천룡신무대답다.

각기 검과 패도, 장창 등을 든 채 백호문을 벗어난 천룡
신무대 무사들은 순식간에 엄정한 포진을 펼쳤다. 사상을
기본으로 한 사상신무진(四相神武陣)이었다.

포진이 끝나자 천룡신무대 중 한 명이 앞으로 나서 신중
한 표정으로 말했다.

"본인은 천룡신무대의 관호라 하오."

"맹호일성!"

"맹호일성이 나섰다!"

담대광의 압도적인 분위기에 짓눌려 있던 군중들 중 몇
이 크게 소리쳤다. 명성 높은 관호의 등장에 어느 정도 안
정을 회복한 것이다.

그러나 그들은 다시 입을 다물어야만 했다.

핏!

담대광이 손가락을 퉁긴 순간 관호가 풀썩 바닥에 쓰러
졌다. 그동안의 명성에 걸맞지 않은 최후였다.

"관 조장님이 당했다!"

"관 조장님이 당했다!"

사상신무진을 펼치고 있던 천룡신무대원들이 분노 어린
외침과 함께 담대광을 에워쌌다. 무공 수위를 짐작할 수 없

는 담대광을 일단 포위 공격하기로 마음을 굳힌 것이다.

그러나 담대광은 개의치 않았다.

눈앞의 사상신무진이 위력을 충분히 발휘할 수 있을 때까지 별다른 반응을 보이지 않다가 이내 관호의 뒷덜미를 잡아서 진을 향해 집어 던졌다.

쾅!

관호의 동체가 날아가 살기등등한 사상신무진을 박살냈다. 그리고 마치 화문의 전설로 일컬어지는 진천뢰라도 된 것처럼 동료들을 한 줌의 육편 조각으로 만들어 버렸다.

단지 그것뿐일 리 없다.

쾅!

여전히 여력이 남은 관호가 뒤이어 모여든 천룡신무대에 의해 굳게 닫힌 백호문 역시 박살냈다.

"으악!"

"으아아아악!"

"으악! 으악! 으아악!"

절반쯤 구경하는 심정으로 모여 있던 군중들이 비명과 함께 사방으로 도망쳤다.

악마!

아니다. 그런 것 따위론 설명이 되지 않는다.

그래. 마신이다! 마신이 강림했다! 천하 정파의 중심인 무림맹에!

"싱겁군."

고개를 몇 차례 까닥거려 보인 담대광이 백호문을 향해 천천히 걸어 들어갔다.

그런 그를 향해 어느새 수백 명으로 늘어난 무사들이 달려들었다. 천룡신무대 외에 몇 개의 부대원들이 포함되어 있었다. 제갈묘재가 만약의 사태에 대비해 준비해 놓은 예비 부대였다.

그러나 그거야말로 실수였다.

맹수의 우리를 활짝 열어 버린 것이나 다름없었다.

다시 활짝 펼쳐진 검은 날개!

일순 어둠 그 자체로 화한 담대광이 무림맹의 하늘 전체를 검게 물들였다.

그리고 어둠 속에서 나타난 핏빛 마안!

몰려오는 수백 명의 무사들을 향해 요악스레 빛난다. 희열에 차서 헐떡거리고 있었다.

*   *   *

북경(北京).

황천의 중심인 자금성(紫禁城)에서 가장 은밀한 장소인 건청궁(乾淸宮) 안에 묘한 연기가 피어오르고 있었다.

향?

그런 것과는 관련 없다.

좀 더 독하고 사람을 매혹시키는 기운을 함유하고 있다.

"후우우우!"

길쭉한 곰방대에서 입을 뗀 기묘한 옷차림의 중년 사나이가 길게 연기를 뿜어냈다.

동그란 모양이다.

몇 개나 만들어져 건청궁의 높은 천장을 향해 날아오른다.

그 모습을 신기한 듯 바라보고 있던 황제가 중년 사나이에게 말했다.

"나도 한번 빨아 봅시다!"

"어린애는 안 돼!"

"짐을 보고 어린애라 하는 것이오?"

"내게는 충분할 정도로 어려."

"그 말만으로 대역죄가 될 수 있음을 알아야 할 것이오!"

"뼈 삭을까 봐 염려해 줬더니, 대역죄 운운해 대나? 그런 흰소리나 지껄일 요량이면 난 그만 가겠다."

"얼마나 됐다고!"

당황한 기색으로 소리를 질러 중년 사나이를 붙잡은 황제가 조심스레 말했다.

"십수 년 만에 중원으로 돌아오지 않았나? 짐에게 그동안 돌아다닌 세상에 대해 말해 주시오."

"그런 걸 듣고 싶은 게 아닐 텐데?"

"맞소. 짐은 또 한 번 그대의 힘이 필요하오. 태극무검선제!"

"지랄! 그런 식으로 부르지 말라니까."

"그럼 뭐라고 불러야 하오? 예전처럼 진 노사라 불러 드리리까?"

"그러든지."

퉁명스런 대답과 함께 전대 천하제일인이자 황제 폐위자인 태극무검선제가 갑자기 시선을 창밖으로 던졌다.

묘하게 불온해 보이는 기운!

따뜻한 양광이 주변을 휘어 감고 있다.

'강남 쪽인가……'

뇌까림과 함께 태극무검선제가 장난기가 깃든 눈을 한 차례 깜빡였다.

— 항주 혈사!

혹은 무림맹 마신 강림 사건이라 후일 명명된 혈사의 징조를 그는 놀랍게도 간파해 냈다.

그러나 수천 리나 떨어진 거리다.

자신의 의지나 능력이 곧바로 미칠 수 없었다.

그렇게 타고난 성정대로 관심을 끊은 태극무검선제가 곰

방대를 다시 입으로 가져갔다.

　담배.

　지난 십수 년간의 동방 여행 중 얻은 것 중 최고의 친구
다. 아주 마음에 들었다. 어렸을 때부터 제법 싹이 괜찮아
가르쳤던 눈앞의 황제에게도 넘겨주지 않을 만큼 말이다.

　　　　　　　　　　『절대검해』14권에 계속

트위터:http://twitter.com/machunru
팬 카페 광협(狂俠)!:http://cafe.daum.net/gocrazyhero
이메일:machunru3110@hotmail.com